Daniela Mimm

Ehemann
umständehalber
abzugeben

Zu diesem Buch

Okay, passieren kann das jedem von uns … man ist verheiratet oder lebt in eheähnlicher Gemeinschaft und plötzlich, da läuft einem die *große* Liebe über den Weg.

Wie aber wird man nun seinen Ehemann los, ohne vorher mit ihm darüber gesprochen zu haben? Diese Frage stellt sich jedenfalls Jule immer häufiger, seit sie erleben muss, was ihre Schwägerin und Freundin Esther so abzieht.

Seit Esther, nämlich verheiratet mit Harry, diesen Carlos kennengelernt hat, ist sie nicht mehr wiederzuerkennen. Was anfangs wie ein harmloser Flirt zur Ego-Aufpolierung anmutete, entwickelt sich immer mehr zu einer handfesten Krise. Esther verstrickt sich von einer Lüge in die nächste und merkt gar nicht, dass ihr dabei nach und nach alles irgendwie entgleitet. Bis sich eines Tages das Blatt auf wundersame Weise wendet ...

Die Autorin

Daniela Mimm, geb. 1964, verheiratet, nicht nur „Brandungsfelsen" ihrer Patchworkfamilie, sondern auch einer Frauenclique, liebte es schon als Zehnjährige, Geschichten zu schreiben, in denen sich Wirklichkeit und Phantasie nahtlos vermischen. Auch diese hier hat sich (fast) genauso zugetragen.

Daniela Mimm

EHEMANN UMSTÄNDEHALBER ABZUGEBEN

Roman

witzig
spritzig
frech

Lokalkolorit

Neuauflage

**Bibliografische Information
der Deutschen Nationalbibliothek:**
Die Deutsche Nationalbibliothek verzeichnet diese
Publikation in der Deutschen Nationalbibliografie;
detaillierte bibliografische Daten sind im Internet über
dnb.dnb.de abrufbar

TWENTYSIX – Der Self-Publishing-Verlag
Eine Kooperation zwischen der Verlagsgruppe Random House
und BoD – Books on Demand

Herstellung und Verlag:
BoD – Books on Demand, Norderstedt

ISBN: 9783740747718

1

Ein Brief mit Folgen

Der Regen prasselte laut hörbar gegen die Fensterscheiben. Stürmische Windböen fuhren in die Fensterläden und ließen sie schauerlich klappern. Dieser Aprilsonntag hatte es in sich und das betraf nicht nur das Wetter.

Wir, also mein Mann Jochen, unsere zweijährige Tochter Nadine – ein süßes kleines Mädchen mit strohblonden Haaren, klaren blauen Augen *(ganz der Papi!)* und einem ziemlich vorlauten Mundwerk für ihr Alter *(ganz die Mami!)* – und natürlich ich selbst saßen bei Jochens Schwester in der gemütlichen Essküche am liebevoll gedeckten Kaffeetisch. Auf meinen Füßen schnarchte Promenadenmischung Toheckü, gerade ein halbes Jahr zuvor von mir aus dem *Moerser* Tierheim adoptiert. *(Komischer Name? Ist die Kurzfassung von Tore, Hecken und Kübeln, die der Herr Rüde hobbymäßig anpinkelt.)* Und das Vieh war vielleicht schwer! Mir schliefen langsam die Zehen ein. Toheckü hob schläfrig den Kopf, als ein paar Kuchenkrümel seine Nase streiften. Nadinchen sorgte schon dafür, dass der arme Hund nicht verhungerte. Sie zermatschte Esthers leckeren Apfelstreusel abwechselnd mit Löffel und Fingern und grölte so genüsslich in die Runde, dass jeder lachen musste.

„Nadine, jetzt iss bitte anständig!", ermahnte ich sie und erntete einen so verständnislosen Blick, dass ich gegen meinen Willen mitlachen musste.

„Lass sie doch." Harry, Jochens Schwager grinste wohlgefällig und wandte sich an seine Frau: „Schatzi, schüttest du noch eine Kanne auf?"

Esther stellte die Küchenmaschine erneut an, Harry und Jochen verschwanden ins Wohnzimmer, *Formel 1* war mal wieder angesagt. Esther und ich schauten uns vielsagend an, denn wir waren das gewohnt. So wie heute hatten wir schon oft dagesessen – unsere Männer starrten in die Glotze, rasten in Gedanken selbst über die Asphaltpiste, träumten vom Siegertreppchen und langbeinigen Schönheiten, denen sie nach dem Korkenknall den Champagner überspritzten, und wir Frauen erzählten uns in der Küche die Neuigkeiten der vergangenen Tage.

Ich war froh, so eine Schwägerin zu haben. Esther und ich verstanden uns von Anfang an sehr gut. Vielleicht lag es einfach nur daran, dass wir auf derselben Wellenlänge schwammen. Wir konnten stundenlang über alles Mögliche klönen, ohne dass uns der Gesprächsstoff ausging und das Witzige war, unsere Meinungen und Wünsche tendierten fast immer in die gleiche Richtung.

So ein innerer Draht zueinander verband offensichtlich auch Harry und Jochen. Beide liebten es, den Sonntag im Gammel-Outfit vor der Flimmerkiste zu verbringen, um sich von der Programmvielfalt berieseln zu lassen, die der Kabelanschluss so hergab.

Na gut, ich musste zugeben, der Wunsch nach Faulenzen war verständlich. Schließlich rackerten sich die beiden die ganze Woche nur für den Unterhalt ihrer Familien ab, brauchten ihre Ruhe für neue Schaffenskraft. Klar, dass da ein Spaziergang die Zumutung schlechthin war und man(n) auch von anderen Aktivitäten wie einem nachmittäglichen Schwimmbad- oder abendlichen Theaterbesuch lieber verschont blieb.

Esther stand auf und lugte ins Wohnzimmer. Außer dem Bildschirm-Ton war schon seit einer Weile nichts mehr zu hören. Als sie in die Küche zurückkam, grinste sie. „Das muss am Wetter liegen. Die sind beide eingeschlafen."

„Bei *dem* spannenden Rennen? Das gibt es ja nicht!", kicherte ich ironisch. Da konnte man wirklich nur noch den Kopf schütteln, denn das war gerade meinem Jochen noch nie passiert.

Nadine, die ihren Kuchen nun endlich aufgegessen – oder runtergeschmissen – hatte, drängte es ins Nebenzimmer, wo Esthers dreizehnjährige Tochter Corinna ihr Domizil hatte. Esther bewahrte zum Glück noch die ganzen *Duplo*-Steine Corinnas auf, so brauchte ich nicht das halbe Kinderzimmer mitschleppen, wenn wir herkamen. Und Nadine war erst mal bis auf Weiteres beschäftigt.

„Jule, würdest du mir einen Gefallen tun?", bat Esther mich, während sie unsere Tassen noch einmal mit dem frisch aufgebrühten Kaffee füllte. Dann holte sie ihre Handtasche und zog einen gelben Büttenumschlag heraus, den sie mir jetzt hinhielt.

„Was ist das für ein Brief?", fragte ich erstaunt.

„Lese mal", antwortete sie geheimnisvoll, „aber

versprich mir, niemandem etwas davon zu sagen!"

Äußerst verwundert zog ich den ebenfalls gelben Büttenbogen aus seinem Umschlag und faltete ihn auseinander. Zum Vorschein kam eine etwas krakelige Handschrift auf eng beschriebenen Zeilen. Doch schon bevor ich mit dem Lesen begann, schwante mir, dies war die Handschrift eines Mannes. Und garantiert nicht die von Schwager Harry.

„Soll ich wirklich?" Mir widerstrebte es, die Worte des mir unbekannten Verfassers zu lesen. Schließlich waren sie an Esther gerichtet und ganz eindeutig nur an *sie*.

„Tu mir den Gefallen!", bat sie nochmals. „Ich würde zu gerne deine Meinung hören."

Meine Neugierde gewann die Oberhand über meine Skrupel. Wort für Wort glitt an meinen Augen vorbei und drang in die Aufnahme meiner Gedächtnisfunktion. Das waren eindeutig die Zeilen eines Mannes, der sich verliebt hatte. Ich legte den Bogen beiseite.

„Na, was sagst du?" Esther beobachtete mich genau. Ihr Blick war gespannt.

„Ich bin platt", brachte ich mühsam hervor. „Wann hast du den denn bekommen?"

„Letzte Woche. *ER* kam, um seinen Anzug reinigen zu lassen und schob mir den Umschlag einfach über die Ladentheke." Esther lächelte bei der Erinnerung. „Findest du nicht auch, dass das mal etwas Außergewöhnliches ist?"

„Allerdings!" Ich war fassungslos. „Aber was wirst du nun tun? Seine Einladung annehmen?" Erwartungsvoll sah ich sie an und was ich da in ihren Augen entdeckte, stimmte mich sehr nachdenklich. Ein eigenartiger Glanz hatte sich in ihnen verbreitet, sie leuchteten förmlich.

Esthers Ehe war eintönig. War es, solange ich Esther kannte, scheinbar immer gewesen und das wurde mir jetzt in diesem Moment erst so richtig bewusst.

Ich versuchte, mir den unbekannten Briefschreiber vorzustellen. Der Mann schien ja wirklich Courage zu besitzen. Ohne meinem Schwager Harry was zu wollen, aber der hatte sie nicht.

„Ich weiß nicht, was ich tun soll! Was würdest du denn an meiner Stelle machen?", fragte Esther aufgewühlt.

„Du erwartest, dass *ich* dir sage, geh mit dem Mann aus oder lass es lieber?" Ungläubig starrte ich sie an. „Schwägerin, du verlangst ein bisschen viel von mir!"

„Bitte!", wiederholte Esther leise.

Mir schmeichelte natürlich das Vertrauen, das sie mir entgegenbrachte, aber …

Ich las den Brief noch einmal. Das Schriftbild ließ nicht gerade auf eine kaufmännische Tätigkeit schließen, aber sein Schreibstil sprach absolut für sich. Die gewählten Worte wirkten in keiner Weise etwa aufdringlich, sondern eher zurückhaltend. Und doch schien dieser Mann genau zu wissen, was er wollte.

„… sind Sie mir schon beim ersten Mal aufgefallen. Jetzt dachte ich mir, versuche es einfach, diese hübsche und sympathische Frau zum Essen einzuladen …", stand da unter anderem geschrieben.

„Ich denke, da hast du eine wirkliche Eroberung gemacht", gab ich offen und ein wenig neidvoll zu. Der Blick, den Esther mir zuwarf, ließ mich erahnen, dass sie genau diese Worte hatte hören wollen. „Möchtest du denn mit ihm ausgehen?", fragte ich jetzt ohne Umschweife.

Sie druckste verlegen herum. „Ach, ich weiß es doch nicht! Auf jeden Fall finde ich ihn sehr …", sie suchte nach der richtigen Formulierung, „nett. Ich fühle mich so schrecklich in der Zwickmühle."

Das täte ich an ihrer Stelle auch. Zwar stellte Esther mir die Frage, aber mir selbst stellte sich die Frage ja leider nicht.

„Weiß er, dass du verheiratet bist?"

„Ich habe es ihm gesagt, als er vorgestern wiederkam, um sich seinen Anzug und meine Antwort abzuholen."

„Wie war seine Reaktion?"

„Enttäuscht war er, glaube ich, aber er meinte, er habe sich das schon gedacht. Da könne man halt nichts machen und er beglückwünsche meinen Mann zu einer Frau wie mir."

„Hui!", entfuhr es mir. „*Das* hat er gesagt?"

„Ja."

„Und weiter?", wollte ich wissen.

„Nichts weiter! Danach verabschiedete er sich und verließ den Laden." Das Leuchten aus Esthers Augen verschwand.

„Von seinem Familienstand weißt du nichts?", forschte ich etwas deutlicher.

„Doch, ja." Esthers Blick war gedankenverloren. „Er ist geschieden."

„Gehe ich recht in der Annahme, dass du seine

Einladung nur zu gerne annehmen würdest, weil deinem angeschlagenen Ego diese Aufmerksamkeit eines fremden und dazu wohl noch blendend aussehenden Mannes guttut?"

Esther nickte. „Ich wusste, du verstehst mich. Aber ich habe Harry gegenüber ein schlechtes Gewissen."

„Da ist guter Rat wahrlich teuer. Als deine Schwägerin warne ich: Spiele nicht mit dem Feuer! Das kann nicht gut sein. Als deine Freundin sage ich: Gehe mit ihm essen, da ist ja noch nichts weiter dabei. Ganz unschuldig ist Harry auch nicht an der Sache. Würde er sich mehr um dich bemühen, kämst du gar nicht erst auf den Gedanken. Aber …", setzte ich belehrend und mit warnendem Zeigefinger hinzu, „übertreibe es nicht!"

Esther umarmte mich in einem Schwall von Dankbarkeit. „Keine Sorge, das passiert mir bestimmt nicht! Ich finde ihn wirklich einfach nur nett."

So ganz wohl fühlte ich mich ja nicht in der Rolle der Käseblättchen-Tante „Fragen Sie Frau Jule". Was würde *ich* tun? Ach ja, richtig, die Frage stellte sich mir ja gar nicht.

Aber ich verstand Esther nur zu gut. Es konnte einen aber auch der Frust packen, wenn man permanent dem Gefühl unterlag, für den eigenen Ehemann mehr so eine Art Wohnungsinventar als Frau zu sein. Wurde man sich nach vierzehn gemeinsamen Jahren zwangsläufig so gleichgültig? War dann alles nur noch Gewohnheit?

Wie lange kannte ich Esther und Harry jetzt? Gut elf Jahre. Aber ich konnte mich nicht erinnern, dass sie durch Körpersprache jemals zum Ausdruck gebracht hätten, ein Paar zu sein. Keine Umarmung, nicht mal ein kleines Küsschen, nur dieses grässliche „Schatzi" zeugte von ihrer Zusammengehörigkeit. Ob das reichte?

Harry schuftete wirklich schwer. Seit achtzehn Jahren Dreierschicht im Stahlwerk und in seiner ohnehin knapp bemessenen Freizeit fuhr er dann auch noch Taxi. Das brachte zusätzlich eine Menge ein. Nötig hatten sie es nicht. Harry fuhr, weil er sein altes Hobby als Rallye-Fahrer, wofür er einst jedes Wochenende in Belgien verbrachte, wegen Esther aufgegeben hatte. Was jetzt natürlich nicht heißen sollte, er lege eine besenkte Fahrweise an den Tag. Harry fuhr Taxi, weil er das Fahren an sich liebte.

Harry und Esther lebten gut, hatten sich mit den Jahren die schöne Vierzimmer-Mietwohnung in der Nähe des Moerser Stadtparks durch Kauf zu Eigentum verwandelt und sich ein behagliches, komfortables Heim geschaffen. Die Einrichtung zeugte nicht von schlechten Eltern und die teuren Nepal-Teppiche im Wohnzimmer stammten aus den teuersten Möbelhäusern der Umgebung.

Nur war irgendwann, schleichend und unbemerkt, alles andere auf der Strecke geblieben. Ein gemeinsames Familienleben existierte nicht und auch Corinna hatte nicht das Verhältnis zu ihrem Vater, wie sie es eigentlich brauchte.

Und Esther? Nach all den Jahren des Kind- und Haushütens arbeitete sie vormittags in einer Reinigung, weil ihr zu Hause schlicht und einfach die Decke auf den Kopf fiel. Sie lechzte nach

Anerkennung und Selbstbestätigung.

Wie dem auch sei, jetzt reichte Esther ihre Beschäftigung scheinbar nicht mehr, um diese Selbstbestätigung zu erhalten. Sie war offen für das Spiel mit dem Feuer.

Schritte näherten sich der Küche. Schnell ließ Esther den kostbaren Brief wieder in ihrer Tasche verschwinden. Harrys Konterfei erschien im Türrahmen. Man sah ihm an, dass er gerade erst aufgewacht sein musste. Gottlob hatte er nichts von unserer Unterhaltung mitbekommen.

„Denk an meine Brote, Schatzi! Am besten mit Salami und Käse. Ich mach mich dann mal fertig jetzt." Sprach's und verschwand im Schlafzimmer, um sich umzuziehen.

Esthers Mienenspiel sprach Bände, doch sie hatte sich vorbildlich im Griff. Es war leicht zu erahnen, dass sie Harry am liebsten ins Gesicht geschrieen hätte, er solle sich seine Brote gefälligst selber schmieren. Schweigend jedoch erfüllte sie „Schatzi" seinen Wunsch.

Draußen wurde es dunkel. Nadine war immer noch eifrig in ihr Spiel vertieft und hatte inzwischen den gesamten Behälter mit Corinnas Bausteinen ausgekippt. Sie bemühte sich sichtlich, ihren gebauten Turm zum Stehen zu bringen, während Toheckü ihn immer wieder mit seiner feuchten Nase zum Einsturz brachte. Nadine erschütterten diese Attacken überhaupt nicht. Im Gegenteil, sie jauchzte vor Vergnügen.

Jemand klingelte Sturm an der Wohnungstür. Toheckü gab einen kurzen Kläffer von sich, doch die Bausteine waren interessanter als nachzusehen, wer da kam.

„Das wird wohl mein Fräulein Tochter sein", bemerkte Esther mit einem flüchtigen Blick auf die Uhr.

Mit klatschnassen Haaren und Klamotten stolperte eine völlig außer Atem geratene Corinna zur Tür herein.

„Ach, du meine Güte!" Esther schob die triefende Tochter schnell ins Bad und umhüllte sie mit mütterlichen Ratschlägen: „Zieh schleunigst die nassen Sachen aus! Besser noch, du gehst unter die Dusche und föhnst dir die Haare, bevor du dich erkältest."

Harry begrüßte seine Tochter flüchtig: „Na, schon da?"

„Was ist denn hier für ein Aufruhr?" Das war Jochen, der mit verschlafenem Blick in das grelle Licht der Deckenbeleuchtung blinzelte.

„Komm Schlafmütze, setz dich her", lachte ich.

„Wieso Schlafmütze? Ich habe nicht geschlafen!"

„N A D I N E!!! Räum das sofort wieder auf!", tönte es plötzlich laut schimpfend aus dem Kinderzimmer.

„Was schreist du denn hier so rum?", rief Esther durch die Tür.

„Mama, guck doch mal! Nadine hat mein ganzes Zimmer durcheinandergemacht." Wütend stapfte Corinna in die Küche und ließ ein verschrecktes Häufchen Kleinkind auf dem Teppich zurück.

„Meine Güte, stell dich nicht so an!", rügte Esther sichtlich genervt, während ich meine Tochter beruhigte.

„Corinna, du weißt, wir haben bisher noch immer

alles wieder aufgeräumt, was Nadine benutzt hat", erinnerte ich sie.

Corinna sah mich einen Moment verdattert an. „Ja, ja", nuschelte sie und es klang entschuldigend.

„Weißt du wenigstens, wo mein blaues T-Shirt ist?", wandte sie sich mit langem Gesicht an ihre Mutter.

„In der Wäsche."

„Schon wieder?"

„Allerdings!" Esthers Unmut stieg. „Meiner Ansicht nach gehörte es dringend dorthin. Oder stehst du neuerdings auf Kakaoflecken?"

Corinna bedachte die Mutter mit einem beleidigten Blick.

„Sag mal, was ist dir eigentlich für eine Laus über die Leber gelaufen?"

„Hab mich mit Doris gezankt."

„Ach, deshalb", bemerkte Esther nur.

Sie hörte die Streitgeschichten zwischen den beiden Teenagern offensichtlich zur Genüge.

„Mama, stell dir vor, Doris' Eltern lassen sich scheiden! Ihr Vater zieht zum Monatsende aus."

„Ach!" Jetzt zeigte Esther sich doch ein wenig fassungslos. Sie kannte die Leute durch die Elternstammtische der Schule.

Meine Gedanken rotierten. Hoffentlich passierte hier nicht in absehbarer Zeit dasselbe!

***

Zwei Wochen später, es war ebenfalls ein Sonntag, verbrachten Esther und ich den Nachmittag abwechslungshalber – und zwar allein – bei einem ausgedehnten Spaziergang. Der ständige Regen hatte aufgehört und seit Tagen lag sogar wieder eine milde Wärme in der Luft. Die ersten Sonnenstrahlen nach ständig grauem Himmel schlugen wie Balsam auf das Gemüt.

„Na, nun rede schon!" Verständlicherweise stieg meine Neugierde auf Esthers Ausführungen in Sachen Briefschreiber. Am Telefon hatte sie mir was von vergangenem Dienstag ins Ohr genuschelt. Mehr war nicht aus ihr herauszubekommen, ständig hielt Harry sich im Hintergrund auf.

„Ach Jule, es war *sooo* unbeschreiblich schön!", schwärmte sie mir jetzt einen vor. „Ich weiß gar nicht, wie ich das erklären soll. Es ist, als würde ich ihn schon ewig kennen."

Irgendwie spürte ich plötzlich einen sonderbaren Kloß im Hals. „Darf man fragen, worüber ihr euch so unterhalten habt?"

„Über alles Mögliche!" Esther lächelte wieder mit jenem merkwürdigen Glanz in den Augen, den ich letztens schon bemerkt hatte. „Du, stell dir vor, er spielt sogar Schlagzeug und Keyboard. So richtig mit Band und so." Sie kam aus dem Schwärmen gar nicht mehr heraus.

„Dann sucht er am Ende nur eine Leadsängerin?", entfuhr es mir ironisch. Im Stillen aber schluckte ich ordentlich.

Keine Reaktion. Offensichtlich hatte sie meine Worte nicht verstanden. Stattdessen spulte Esther nun brühwarm den gesamten Verlauf des Abends ab. Richtig aufgewühlt wirkte sie, merkte gar nicht, dass sie, statt der Reihe nach zu erzählen, alles durcheinanderwarf.

„Du wirst dich nun also öfter mit ihm treffen?",
argwöhnte ich.

„Ja!" Diese Antwort war zwar sehr kurz, aber aus
der Betonung heraus, die sie in dieses eine Wort
legte, ohne groß nachzudenken, war sehr deutlich zu
hören, was sie momentan fühlte.

Sie redete und redete: von dem Lokal, in das er sie
zum Essen einlud, wie er sich kleidete, *wie* er sprach
und *worüber*, wie er sich bewegte und wie er sie,
Esther, doch bewundere. Den Abschluss des Abends
hatten sie in einer kleinen Bar verbracht, wo man zu
melodischen Klängen eng aneinandergeschmiegt
tanzen konnte.

Auf meine Nachfrage, wo es denn bitte in der
heutigen Zeit noch so was gäbe, denn ich kannte nur
die regionalen „Baggerschuppen", im Volksmund
auch Diskothek genannt, winkte sie ab. „Ach Jule,
du weißt doch, dass ich Namen schlecht behalten
kann. Keine Ahnung, wie der Laden hieß. Nur, dass
wir nicht in Moers waren, sondern in Krefeld …"

„*Das* weißt du also noch?", zog ich sie lachend
auf. „Meine Güte, du bist ja völlig durch den Wind,
was?"

„Ist das ein Wunder?"

Nein, eigentlich nicht. All das hatte Harry ihr –
meines Wissens nach – nie geboten. Wenn sie denn
mal irgendwo miteinander hingingen, handelte es
sich höchstens um Karnevalsveranstaltungen und
der einzige Anlass für Harry, auch was anderes
anzuziehen als seine ollen Jeansklamotten. Auch die
anderen Pluspunkte des mir noch unbekannten
Carlos, dessen Namen Esther mit jedem Satz erneut
in den Mund nahm, vermochte ich auf meinen

Schwager nicht umzulegen.

„Dich hat es ja ganz schön erwischt!", stellte ich sachlich fest. „Was soll nun werden?"

„Ich weiß es nicht!" Esther zuckte mit den Schultern. Doch ich merkte ihr deutlich an, wie aufgewühlt ihr Inneres aussah. Ob dieser Carlos der Wendepunkt in ihrem Leben war? Ich hatte keine Ahnung, was er für ein Mensch war, denn schließlich kannte ich ihn gar nicht. Aber eines stand fest: Durch Esthers rosarote Brille würde ich ihn gewiss nicht beurteilen, stünde er mir eines Tages gegenüber.

„Wie hast du eigentlich Harry kennengelernt?", rutschte es mir so aus meinen Gedanken heraus. Zwar kannte ich Esther schon eine sehr lange Zeit, doch war es mir bisher nie in den Sinn gekommen, danach zu fragen.

„Durch eine Kontaktanzeige", antwortete sie gelangweilt. Sie bemerkte meinen erstaunten Blick und fügte schnell erklärend hinzu: „Meine Mutter riet mir damals dazu."

Mit allem Möglichen hatte ich gerechnet, *damit* nicht. Zwar war mir bekannt, dass meine Schwiegermutter auf diese Weise ihren jetzigen und fünften Ehemann an Land gezogen hatte, aber dass auch Esther …? Dafür war sie doch gar nicht der Typ.

„Im Ernst?" Vielleicht scherzte Esther ja auch nur.

Sie scherzte nicht. „Da bist du platt, was! Kaum einer weiß das."

Meine Sprachlosigkeit war nicht von langer Dauer. „Ich finde es halt nur ungewöhnlich." Mit einem gewissen Staunen setzte ich hinzu: „Für *dich* jedenfalls."

Esther zuckte die Schultern.

„Und wer hat die Anzeige aufgegeben?"

„Harry", antwortete Esther wie aus der Pistole geschossen. „Ich weiß noch, wie meine Mutter mir die Zeitung in die Hand drückte und als ich dann von dem jungen Mann las, der eine ehrliche und liebe Kameradin fürs Leben suchte, bin ich neugierig geworden und ..."

„... hast geantwortet", vollendete ich.

„So war es." Esther machte die Erinnerung an die schönen, leider weit zurückliegenden Zeiten mit Harry melancholisch. „Erst habe ich mich gefragt, was mag das für einer sein, der es nötig hat, durch Zeitungsinserate eine Frau zu suchen. Aber als er dann vor mir stand, war ich richtig überrascht. Für meinen Geschmack sah er verdammt gut aus. Ich hatte sofort dieses gewisse Kribbeln und wenn wir zusammen waren, fühlte ich mich einfach nur glücklich."

Was diese Gefühlsdinge betraf, konnte ich Esther nur zu gut verstehen. Sie suchte einfach nach Wärme und Geborgenheit wie wohl jeder Mensch. In ihrem Elternhaus wurde damit ja von jeher ziemlich gespart.

Mir war schon einiges aus der Kindheit meines Mannes bekannt, ein typisches Scheidungskind, ständig hin und her gerissen zwischen den Eltern. Esther erging es da nicht viel anders. Sie war lediglich sechs Jahre älter als Jochen und hatte das zweifelhafte Vergnügen, *einen* Stiefvater *mehr* zu erleben, denn sie war Kind von Ehemann Nummer eins und Jochen von Nummer zwei. Mit achtzehn wurde sie vor die Tür gesetzt. „Sieh zu, dass du alleine zurechtkommst, Erwin kann dich nicht ewig durchfüttern!" So die Worte der Mutter, die sie Esther mit auf den Weg gab.

Ich kannte meine Schwiegermutter ja nun auch und meine Meinung über sie war nicht gerade die beste. In meinen Augen versprühte die Frau nur Eiseskälte und Berechnung und ich war ganz froh, dass sie gut zweieinhalb Autostunden entfernt mit Ehemann Nummer fünf und zwei weiteren Kindern in trauter Harmonie lebte. Letzteres hielt ich allerdings für ein Gerücht, denn dazu war diese Frau gar nicht fähig.

Dass Ursula Meier sich für ihre beiden Ältesten interessierte, war bislang nie zu merken, man hörte und sah kaum etwas von ihr. Allenfalls zu Weihnachten, wenn sie ihren Eltern, Opa Karl und Oma Lieschen – beide gingen auf die Achtzig zu – ungefragt die ganze Arbeit aufbrummte, die ihr Logierbesuch in der Zweizimmerwohnung samt Anhang so mit sich brachte.

Aber zurück zu Esther. Die kam nach dem Rausschmiss bei einer Freundin unter. Später versuchte sie, sich von dem schmalen Budget ihres Lehrstellengehaltes ein möbliertes Zimmer zu leisten. Zwar söhnte sie sich mit ihrer Mutter irgendwann wieder aus, aber ein Zurück gab es nicht, zumal auch der Stiefvater froh war, Esther endlich los zu sein.

In dem ganzen Schlamassel lernte sie also Harry kennen – über besagte Kontaktanzeige. Harry, der auch nicht gerade angenehme Zeiten hinter sich hatte und ebenso nach dem Menschen suchte, der ihm den nötigen Halt gab. Nach einem Jahr wurde geheiratet und bereits acht Monate später kam Corinna zur Welt. Wegen Harrys Schulden, die er in die Ehe einbrachte, mussten sie anfangs auf großen Komfort verzichten, doch nach und nach wuchs ihr Lebensstandard zu dem, der er heute war.

Harry war seiner Frau gewiss dankbar, dass sie in diesen schwierigen Zeiten zu ihm gehalten hatte, ohne sich je zu beklagen. Auf seine Weise versuchte er, Esther dafür zu entschädigen, indem er schuftete und schuftete. Doch Zeit für seine Familie gab es nicht mehr und er merkte offensichtlich nicht, dass seine Ehe dabei auf der Strecke blieb.

War es da ein Wunder, dass Esther jetzt ein Mann über den Weg gelaufen war, bei dem sie plötzlich weiche Knie bekam, wenn sie nur an ihn dachte?

***

Ich fand es selbstverständlich, das Versprechen zu schweigen, welches Esther mir abgenommen hatte, nicht zu brechen. Sie schien viel von meiner Beurteilungsfähigkeit zu halten, obwohl ich ganze sieben Jahre jünger war. Manchmal kam es mir vor, als sehe sie in mir ihre „kleine" Schwester.

Inzwischen wusste ich ziemlich gut Bescheid über den neuen Mann in Esthers Leben. Ich stellte mir ein Bild von diesem Carlos zusammen. Natürlich war nicht gewiss, ob dieses der Wirklichkeit entsprach, aber mein Gefühl und Esthers neuer Pep sprachen Bände.

Esther brannte darauf, dass sich eine Gelegenheit ergab, bei der ich Carlos persönlich unter die Lupe nehmen sollte. Einmal spannen wir uns zusammen, ich ginge als Kundin X in seinen Laden und ließe mich über sämtliche Neuheiten auf dem Markt der medialen Elektronik aufklären.

Meine Überlegungen wanderten bereits dahin, zu welchem Zeitpunkt ich diesen Besuch bewerkstelligen wollte, als Esther mir kurzerhand mitteilte: „Brauchst du nicht mehr! Ich habe ihm gesagt, dass du eingeweiht bist."

„Ach!", entfuhr es mir verdutzt. „Und was meint er dazu?"

„Ich habe ihm erklärt, dass man dir vertrauen kann und du meinem Mann garantiert nichts verrätst."

Ich wusste es nicht genau zu orten, aber irgendetwas an ihrem Verhalten behagte mir plötzlich überhaupt nicht mehr.

„Übrigens, er möchte dich gerne kennenlernen."

„Wann und wie soll das geschehen?", fragte ich mit einem schalen Beigeschmack.

„Wie wäre es, wenn er, *rein zufällig* natürlich, bei unserem Mädelabend auftaucht?"

Vor Schreck verschluckte ich mich.

Doch Esther redete unbeirrt weiter: „Dann brauch ich Harry nicht groß und breit erklären, warum ich abends mal außer der Reihe weg möchte."

Konnte es sein, dass sich ein Mensch in kürzester Zeit *so* veränderte? Oder bildete ich mir das am Ende nur ein? Mir war auch nicht so recht klar, was das sollte. Harry kriegte doch sowieso in der Regel nicht mit, ob Esther zu Hause war oder nicht.

„Wir wollten doch das nächste Mal ins *Fiddlers*. Bleibt es dabei?", erkundigte Esther sich.

„So weit ich weiß, ja. Habe jedenfalls bisher nichts

Gegenteiliges gehört. Aber ob die anderen so begeistert sind, wenn du ihn kommen lässt ... Außerdem, was willst du denen sagen, wer Carlos ist?", gab ich zu bedenken.

Die anderen, das waren Heidrun, Elvira und Trixi. Seit vier Jahren trafen wir uns regelmäßig an jedem ersten Freitag im Monat, um sämtliche Lokalitäten im Raum Moers und Krefeld unsicher zu machen. Im Sommer agierten wir natürlich auch im Oberhausener *Centro*, Duisburger Innenhafen oder in der Düsseldorfer Altstadt. Spaß hatten wir jedenfalls überall. Und ich wünschte mir inständig, dass das so blieb.

„Lass mich nur machen. Das wird bestimmt lustig", meinte Esther.

Sie hatte also tatsächlich vor, unseren Mädelabend als Alibi auszunutzen. Was sollte ich nun davon halten? Und vor allem, wann hatte Esther je diesen Einfallsreichtum an den Tag gelegt? Andersrum eine gute Möglichkeit, diesen Carlos unter die Lupe zu nehmen.

„Na ja, vielleicht ist das ja wirklich die beste Gelegenheit, mir den Knaben mal anzuschauen. Aber ...", gab ich zu bedenken, „was ist mit Elvira? Du weißt doch, dass sie ..."

„Daran habe ich auch schon gedacht", fiel Esther mir ins Wort.

Wir wussten beide, was es bedeutete, bekam Elvira Wind von der Wahrheit. Wenn Heidrun und Trixi auch den Mund hielten, und das taten sie mit Sicherheit, von Elvira konnte man das leider nicht behaupten. Sie war zwar keine Klatschbase im üblichen Sinne, aber es kam leicht vor, dass sie ungewollt Dinge ausplauderte, um sich dann im nächsten Moment vor Schreck die Hand auf den Mund zu schlagen.

„Ich kann ja so tun, als begegne ich Carlos zum ersten Mal. Dann kriegen die drei gar nichts mit und keine hat was zu meckern."

Hatte ich Esther bisher wirklich für brav und konservativ gehalten? Dabei schlummerte in ihr offensichtlich der Hang zu Inszenierungen. Aber meinetwegen … sollte sie machen! Dann war endlich mal wieder richtig was los im tristen Hausfrauendasein.

2

Frauentreffen und andere Alibis

Das *Fiddlers* war voll bis unters Dach. Aber das war auch kein Wunder. Dieser irische Pup, mitten in der Moerser Altstadt, schaffte es immer wieder, sein Publikum anzulocken. Nette Leute, gute Musik, Schummerbeleuchtung, Kerzenschein auf jedem Tisch, Leckereien aus der Küche und eine große Auswahl an irischen Biersorten: das alles war nicht nur für unsere Frauenclique ein regelrechter Anziehungspunkt. Heute spielte eine Live-Band irische Volksweisen. Doch wer glaubte, das sei das Einschlafritual schlechthin: weit gefehlt! Hier wurde gesungen und getanzt. Kurz: Hier ging die Post ab. Die Kellnerinnen jonglierten gekonnt mit langgestreckten Armen ein volles Tablett nach dem anderen durch die Menge.

Wir hatten Mühe, einen freien Platz für uns alle zu finden. Es war reines Glück, dass genau an einer Stelle ein Trupp den Tisch verließ, von der aus man das Geschehen prima überblicken konnte. Heute Abend waren wir nur zu viert, Heidrun fehlte. Wir bestellten eine Runde Salat in zwei verschiedenen Variationen und dazu je ein Guinness.

Trixi kicherte und stieß mich an. „Schau mal, die beiden da! Die gucken schon die ganze Zeit."

Ich folgte ohne große Neugier ihrem Blick, denn

ich kannte Trixis Geschmack zur Genüge. An der Theke saßen tatsächlich zwei Typen, die permanent in unsere Richtung blickten.

„Sind das nicht zwei Sahneteilchen?"

Leider teilte ich mal wieder nicht ihren Geschmack. „Und wo bitte ist bei denen die Sahne zu finden?", fragte ich stattdessen nicht gerade geistreich.

„Genau", stimmte Esther mir bei, „Männer, die bloß glotzen, aber auf ihrem Hintern sitzen bleiben, was soll daran toll sein?" Damit wandte sie sich wieder Elvira zu, um sich über deren gerade begonnenen Computerkursus zu unterhalten.

Doch das hielt Trixi nicht davon ab, ihre Augen weiterhin hinüberschweifen zu lassen. „Die meinen tatsächlich uns!", stellte sie allen Ernstes fest.

Das bezweifelte ich gar nicht. „Trixilein, die haben bestimmt allein *dich* ins Visier genommen." Trixis Blick zeigte, dass ihr diese Feststellung Genugtuung verschaffte. „Aber die warten jetzt bestimmt, bis mindestens zwei von uns verschwunden sind. Vorher trauen sie sich kaum hier an den Tisch."

Daraufhin hing ihre Kinnlade tief herunter und verlieh den Anschein, als habe man einem Kleinkind das Spielzeug weggenommen.

Ich konnte nicht anders, ich musste lachen.

„Na, was ist denn nun los?" Jetzt war auch Elvira aufmerksam geworden, die ja bisher eine angeregte Unterhaltung mit Esther führte. „Ich will auch was mitkriegen!"

In der Hoffnung, wenigstens eine von uns davon zu überzeugen, dass ihr wirkungsvoll erprobter Augenaufschlag einen absoluten Volltreffer gelandet habe, zeigte Trixi hinüber. „Na, was sagst du?"

Doch Elvira gähnte nur gelangweilt und bedachte die Angelegenheit mit einem Kopfschütteln. Ihr Naturell ließ keinen Flirt zu, es sei denn, es handelte sich um den eigenen Mann.

„Was seid ihr heute nur für ein lahmer Haufen!", meckerte Trixi. „Mit euch ist ja gar nichts los!"

„Also, ich finde, *der da* sieht wesentlich besser aus!", warf Esther plötzlich aufgeregt in die Runde und ließ mich ihren Fuß unterm Tisch spüren.

„He, was soll …?" Ich fing ihren Blick auf und kapierte.

Genau neben den beiden Gestalten, die Trixi in der Schummerbeleuchtung wie die *Supermans* schlechthin erschienen – beide hatten dunkelbraune Haare, ihr Favorit seine zum Knoten gebunden, weiße Boxershirts auf muskulösen und braungebrannten Oberkörpern – saß auf einmal ein Mann, der zu uns hinüber grinste. Soweit ich das erkennen konnte, waren seine Haare meliert und er trug einen dichten, aber gepflegten Vollbart.

Der Mann lächelte deutlich Esther an.

Das war also Carlos? Seit wann saß er da? Bis vorhin war der Platz noch von jemand anderem besetzt.

Ein erneuter Stoß, diesmal gegen mein Schienbein.

„Danke Esther, ich habe begriffen!", grummelte ich, nur für sie hörbar.

Nach ein paar Minuten kam die Kellnerin mit den Jongleurarmen und servierte unaufgefordert vier Gläser Guinness.

Ich schickte einen dankenden Blick zu Carlos hinüber.

Elvira wunderte sich: „Hä? Was ist denn jetzt los? Haben wir doch gar nicht bestellt!"

Trixi wollte nur wissen: „Von wem?"

Die Kellnerin zeigte auf Carlos. „Der Herr dort drüben gibt die Runde aus."

Trixis Blick flog sofort in seine Richtung. Elvira jedoch schaute gar nicht hin und nuschelte was von: „Billige Anmache!"

„Na, sowas!" Esther tat, als sei sie unglaublich überrascht. „Der sieht doch ganz gut aus, findet ihr nicht?"

Ich war gerade dabei, mein Glas an die Lippen zu setzen, jetzt verschluckte ich mich. Schwägerin, du solltest dich beim Stadttheater bewerben!

Trixi teilte offenbar Esthers Geschmack, schien ebenfalls Feuer und Flamme. Bei ihr war das allerdings nichts Ungewöhnliches. Sie wechselte die Kerle wie ihre Tangas, wobei sie in der Regel ältere Jahrgänge den Spezies aus unserem vorzog.

Carlos war siebenundvierzig, also zwölf Jahre älter als Esther. Doch ich musste zugeben, seine Gesichtszüge wirkten längst nicht so verbraucht wie die von Schwager Harry.

Esther bemerkte nicht, dass Trixi sich zu wundern begann, als sie nun aufstand und zu dem Fremden hinüberging, um sich höchst persönlich für das Getränk zu bedanken.

„Was ist denn in *die* gefahren?"

„Keine Ahnung!" Ich zog es vor, mich dummzustellen. „Vielleicht zu viel Bier?"

„Quatsch!" Trixis Gespür sonnte sich offenbar in Hochform.

Esther blieb geschlagene zehn Minuten bei Carlos

stehen. Als sie zurückkam, strahlte sie über beide Wangen.

Elvira blieb die Spucke weg. So hatte sie Esther bisher nicht kennengelernt. Ich allerdings auch nicht, und es machte mich sehr nachdenklich.

Trixi dagegen fand Esther auf einmal richtig locker.

„Habt ihr was dagegen, wenn er gleich zu uns rüberkommt?"

Elviras durchbohrender Blick hätte Esther mehr Vorsicht walten lassen sollen. Aber die beachtete sie gar nicht weiter.

Trixi freute sich: „Lass ihn ruhig kommen!" Hieß in meinen Ohren übersetzt: „Mal sehen, wer von uns das Rennen macht!" Die beiden Supermans von vorhin schienen nur noch Rauchgebilde, obwohl sie immer noch dort saßen und herüberstarrten.

Esther winkte Carlos auffordernd zu. Er gab noch eine Bestellung auf, dann erschien er mit seinem halbvollen Glas in der Hand an unserem Tisch. Er stellte sich nur mit „Carlos" vor und Esther übernahm die allgemeine Bekanntmachung. Bei mir betonte sie: „Und *das* ist Jule!"

Worauf Carlos mir besonders nett zulächelte.

Esther beeilte sich, ihre Jacke von dem freien Stuhl neben sich zu entfernen, damit Carlos dort Platz nehmen konnte.

Wieder brachte die Kellnerin ein Tablett Guinness.

„Wie kommen wir zu der Ehre?", fragte ich kess.

Er grinste. „Man(n) hat doch selten Gelegenheit, so nette Frauen wie euch, und dann gleich in vierfacher Ausführung, kennenzulernen."

„Aha", lachte ich. Wie schmalzig, dachte ich.

Elviras Blick war undefinierbar. Offenbar schien sie darauf zu warten, jeden Moment aus einem Albtraum zu erwachen.

Trixi fuhr auf solche Sätze ab wie eine Rakete. „Du bist aber auch nicht zu verachten!", rutschte es ihr warmherzig heraus. Dabei schenkte sie Carlos einen tiefen Blick in die Augen, der Esthers Lachen auf der Stelle gefrieren ließ.

Na, das konnte ja heiter werden!

Ich verspürte den Drang zum „stillen Örtchen". Kaum dort angelangt, kam Trixi hinterher.

„So, jetzt klär mich doch mal auf!" Ihre Tonlage ließ darauf schließen, dass sie das Spielchen, bis zu einem gewissen Grad jedenfalls, durchschaute. „Seit wann kennt Esther den?"

Was nun? Sollte ich gestehen? Ich befand mich in der Zwickmühle, denn schließlich gab ich Esther mein Wort … Weshalb brachte sie mich in diese Situation? Trixi kannte meine Schwägerin schließlich nicht erst seit gestern, sondern lange genug, um zu wissen, dass die nicht gerade zu den Frauen gehörte, die sich in Sachen Anmache emanzipiert hatten.

Ich entschied mich, ihr „reinen Wein" einzuschenken. Dann wusste Trixi wenigstens gleich, dass ihr in Bezug auf Carlos Grenzen gesteckt waren und sie brauchte keine unnötigen Mühen verschwenden. Ich kannte schließlich die Register, die sie zog, wenn sie sich wen in den Kopf gesetzt hatte.

So, nun befand sich Trixi im Bilde. Sie war das, was man umgangssprachlich als platt bezeichnete, versprach aber, die Komödie mitzuspielen. Schon alleine wegen dem Spaß, den sie dadurch hatte, weil die „angestaubte" Elvira absolut nichts schnallte.

Arme Elvira! Fast tat sie mir schon leid. Aber ich konnte sie auch nicht einweihen, denn sie kannte Harry ziemlich gut und die Gefahr, dass sie etwas ausplauderte, wenn auch unbeabsichtigt, war einfach zu groß. Außerdem war es Esthers Aufgabe, die Dinge zu klären.

Wieder am Tisch flüsterte ich Esther zu, dass Trixi das Spiel durchschaute. Doch die zuckte nur die Schultern und flachste weiter mit Carlos.

Es ging auf Mitternacht zu. Die Stimmung im *Fiddlers* hielt die Gäste zusammen, allerdings war die Luft mittlerweile zum Schneiden. Die Band spielte bis eins, dann wurde auf Anlage umgestellt und die Musiker packten langsam zusammen. So nach und nach merkte man, es wurde leerer.

Esthers Stimmung tat das keinen Abbruch. Im Gegenteil, sie wurde immer ausgelassener. Carlos legte den Arm um sie und raspelte ihr Süßholz ins Ohr, was zur Folge hatte, dass die sonst so damenhafte Esther ständig albern kicherte.

Elviras Missbilligung war offensichtlich. Sie vertrat die Ansicht, eine verheiratete Frau habe nicht mit fremden Männern herumzuturteln. Na ja, sie hatte nicht Unrecht.

Carlos winkte den Mann heran, der sich gerade mit einem Korb dunkelroter Baccararosen in unsere Richtung bewegte.

Das war zuviel für die gesittete Elvira. „Kinder, seid mir nicht böse, wenn ich jetzt gehe. Aber ich bin hundemüde." Sie erhob sich mit demonstrativem Gähnen.

„Aber wir sind dir doch nicht böse, liebe Elvira!", flötete Esther großherzig. Der Unterton in ihrer Stimme allerdings hörte sich an wie: „Wird aber auch Zeit!"

Ich bedachte meine Schwägerin mit einem vorwurfsvollen Blick. Was war nur in sie gefahren?

Kaum hatte Elvira die Tischrunde verlassen, rutschten Esther und Carlos noch enger zusammen. Es dauerte nicht lange, da durften auch Trixi und ich uns überflüssig fühlen. Dass unser Mädelsabend nun diesen Verlauf nehmen sollte, davon war nicht die Rede gewesen. Deshalb blieben wir jetzt erst recht sitzen.

Trixi schien begriffen zu haben, Esther besser nicht ins Gehege zu kommen und lenkte ihre Aufmerksamkeit wieder zu dem Zopftypen, der mit seinem Freund immer noch ausharrte.

Nach einer Viertelstunde wollte dann auch Carlos gehen. Natürlich bot er an, Esther nach Hause zu fahren und natürlich nahm die das Angebot dankend an.

Trixi grinste sich ihren Teil, sagte aber nichts.

Esther und Carlos erhoben sich gleichzeitig und der Herr Galan half Frau Schwägerin in die Jacke. Esther verabschiedete sich mit vielsagendem Blick. Mir war klar, die fuhr garantiert *nicht* nach Hause!

Trixi und ich saßen jetzt also alleine am Tisch. Na, bravo! Eigentlich war es immer so gewesen, dass wir gemeinsam kamen und auch gemeinsam gingen. Heute war wohl alles irgendwie ein wenig anders.

„Hoffentlich bringt's das!", meinte Trixi.

Ich kam nicht mehr dazu, zu fragen, was sie damit meinte. In diesem Moment setzte sich der

Zopfadonis von der Theke in Bewegung. War mir doch von vornherein klar gewesen, dass die beiden nur auf einen günstigen Zeitpunkt warteten. Aber so lange? Die mussten es ja verdammt nötig haben!

„Habt ihr Lust, ein Gläschen mit uns zu trinken?"

Wie originell!

Trixi witterte offenbar Entschädigung für den beschlagnahmten Carlos. „Aber gerne! Vorne an der Theke?"

Mister Zopf lächelte gewinnend.

Widerwillig folgte auch ich der Einladung.

Sie stellten sich als Frank und Bernie vor. Frank war der mit dem Zopf und der Aufreißer von beiden. Bernie erschien mir wesentlich sympathischer. Er bot mir sofort seinen Barhocker an, doch ich lehnte dankend ab. Ich saß ja bereits den ganzen Abend auf meinem Hintern und war eigentlich ganz froh, jetzt zu stehen. Bernie tat es mir gleich. Ausgezeichnete Manieren, der Knabe!

Trixi mochte ja glauben, was dieser Frank da von sich und seinem Freund so erzählte. Mir allerdings konnte der damit nicht imponieren. Herausfordernd gedachte ich zu erfahren, weshalb er denn seinen Ring vom Finger habe verschwinden lassen. Das glitzernde Stück war mir nämlich aufgefallen, noch bevor Carlos sich neben ihm platziert hatte. Jetzt war es verschwunden und hinterließ einen hellen Streifen auf der Haut, den ich so aus der Nähe genauestens erkennen konnte.

Trixi hatte davon natürlich mal wieder nichts mitbekommen.

Frank gab mir keine Antwort, tat so, als habe er meine Frage nicht gehört. Sein Interesse galt ohnehin nur Trixi, ich löcherte zu viel.

Bernie schien sich unbehaglich zu fühlen. Aber mit ihm unterhielt ich mich angeregt und das bestimmt eine halbe Stunde lang über Gott und die Welt.

Dann bekam ich mit, wie Frank versuchte, aus Trixi herauszuquetschen, wo sie wohnt, arbeitet und was sie sonst so macht.

Da ritt mich ein kleines Teufelchen und ich übernahm ungefragt Trixis Antwortbereitschaft. Deren Lächeln wurde zur Kinnlade, während ich Frank ihre zwei gescheiterten Ehen und vier Kinder verklickerte. Trixi war nicht imstande, etwas einzuwenden, denn der gute Frank wandte sich just in dem Moment von ihr ab. Sein Interesse war offensichtlich von einer Sekunde zur anderen erloschen.

Ich prostete Bernie noch einmal zu. „So, Jungs, tut uns leid, aber die Pflichten rufen!"

Trixi stand da wie eine Statue.

„Komm schon!", rüttelte ich sie auf und zog sie quasi am Ärmel aus dem *Fiddlers*.

Die frische Nachtluft zeigte heilende Wirkung. Plötzlich fing Trixi lauthals an zu lachen. „Aus welcher Mottenkiste hast du denn dieses Drehbuch geholt?"

Sie war mir also nicht böse, das war schon mal gut. Manchmal musste ich eben eingreifen, bevor am Ende wieder eine heulende Trixi in der Telefonleitung hing und mindestens tausendmal wiederholte, sie habe geglaubt, diesmal hätte es was werden können.

Da liefen wir zwei Weibsen mitten in der Nacht

lachend wie zwei Irre Richtung *Kö* zum Taxistand.

„Mannomann, war das ein Abend!" Trixi kriegte sich kaum ein. „Erst der Quatsch mit Esther und dann …", folgte der Gedankensprung, „also, ich finde, ein oder zwei Kinder hätten auch gereicht!"

„Werde ich beim nächsten Mal berücksichtigen!"

***

Esther begann mich zu enttäuschen. Glaubte ich anfangs noch, die Sache zwischen ihr und Carlos sei nur ein kurzes Strohfeuer, musste ich nach und nach einsehen, ich hatte die Situation falsch eingeschätzt. Esthers Beziehung zu Carlos war mittlerweile weit vertieft und sie machte mir gegenüber keinen Hehl, dass ihre Ehe mit Harry ernsthaft gefährdet sei.

Esther ging sogar noch weiter – verstrickte sich immer mehr in Lügen, um ihren Carlos zu treffen. Hierzu nutzte sie vorwiegend mich als Alibi und auch unsere Frauenriege, einschließlich der noch völlig ahnungslosen Heidrun.

Mir ging der Spaß inzwischen eindeutig zu weit. Abgesehen davon, dass sie sich momentan so gut wie gar nicht mehr bei mir meldete, obwohl sie vorher recht häufig an meiner Strippe hing, kannte ich Esther fast nicht wieder.

Dementsprechend überrascht reagierte ich, als sie mich dann Freitagmittag anrief, um mich für den folgenden Tag ins Kino einzuladen. „Corinna möchte so gern in „Harry Potter" und Harry hat mal wieder keine Zeit und wahrscheinlich auch keine Lust. Da wollte ich fragen, ob du vielleicht mitgehen möchtest?"

Ich freute mich und da sie mir sogar anbot, mich abzuholen, sagte ich gerne zu.

„Ich hätte da wohl noch eine Bitte", setzte Esther verlegen – oder kam es mir nur so vor? – nach. „Könnte Corinna vielleicht heute bei euch übernachten?"

Was war es, das mir einen Moment die Sprache verschlug? Dass Corinna bei uns schlief, war nichts Ungewöhnliches.

Da kam es auch schon: „Harry ist heute auf Nachtschicht und ich würde mich gerne mit Carlos treffen."

„Aha!", sagte ich konsterniert und überlegte, ob ich diese ganze Heimlichtuerei wirklich weiterhin unterstützen sollte. Ich fühlte mich ausgenutzt und in gewisser Weise hintergangen. Andererseits wollte ich nicht, dass Corinna dafür bluten musste, indem das Mädchen die Nacht mutterseelenallein in der elterlichen Wohnung verbrachte.

Esther bemerkte meine Unsicherheit. „Ich kann aber auch Doris' Mutter fragen, ob Corinna bei …"

„Schon gut", unterbrach ich sie, „bring Corinna vorbei."

„Du bist und bleibst die Beste!", bedankte Esther sich überschwänglich. „Zu dir kommt sie sowieso am liebsten."

Sollte dies ein Beschwichtigungsversuch sein?

„Bei Gelegenheit werde ich das alles wieder-gutmachen!"

Ich war schon jetzt gespannt, wie sie das eindeutig zweideutig Gemeinte bewerkstelligen wollte.

Statt ihre Tochter zu bringen, setzte Esther diese kurzerhand in den Bus zu uns nach Vluyn. Corinna war ja alt genug, um zu wissen, dass sie am Südring aussteigen und nur ein kleines Stück den Terniepenweg entlanglaufen musste, um ins Schmitzfeld zu gelangen.

Corinna stand die Freude im Gesicht, als sie am späten Nachmittag bei uns eintraf. Es stimmte schon, sie kam wirklich am liebsten zu uns.

„Auf Doris hätte ich heut keinen Bock gehabt, die ist immer so genervt."

„Wie läuft es denn jetzt mit ihren Eltern?", fragte ich nach.

Corinna winkte ab. „Der Vater ist vor anderthalb Wochen ausgezogen, hat wohl 'ne Freundin."

Ich dachte mir meinen Teil, sagte aber nichts dazu, schwenkte um auf ein anderes Thema: „Magst du mir helfen? Ich wollte Spaghetti Bolognese machen." Ich wusste schließlich, das war ihr Lieblingsgericht.

Als Jochen nach Hause kam, wunderte er sich nicht, seine Nichte zu sehen. Es kam ja häufiger vor, dass sie uns besuchte, daher schöpfte er keinen Verdacht.

Beim Essen beschwerte Corinna sich, ihre Mutter koche fast gar nicht mehr, sie müsse sich häufig selbst was machen, wenn sie aus der Schule kam.

Ungläubig fragte ich sie: „Hast du heute noch nichts gegessen?"

„Zwei Teller Cornflakes."

„Und wieso kocht die Mama nicht?"

„Die ist mittags nicht da."

Ich zählte im Stillen eins und eins zusammen: Esthers Arbeitszeit ging bis zwei. Carlos' Laden befand sich auf der Uerdinger Straße, also von der

Reinigung leicht zu Fuß erreichbar.

Aber es konnte nicht angehen, dass sie wegen Carlos ihr Kind vernachlässigte. Eine grenzenlose Wut stieg in mir hoch.

Jochen sagte nichts. Hörte er überhaupt zu? Er war froh, wenn er abends seine Ruhe hatte.

Nach dem Essen las Corinna Nadine eine Gute-Nacht-Geschichte vor, in der Zeit räumte ich schnell den Tisch ab und stellte die Spülmaschine an. Als soweit alles erledigt war, bot ich Corinna eine Runde Gassi mit Toheckü an. Das Mädchen liebte Hunde, wünschte sich seit ihrem dritten Lebensjahr einen. Der Vorteil für mich, ich hatte immer jemand, der sich gerne um meinen kümmerte.

Jochen drückte bereits auf der Fernbedienung der Flimmerkiste rum. Es hielt mich also nichts davon ab, gemeinsam mit Corinna eine große Runde durch die Felder zu streifen.

Am nächsten Morgen, Corinna besorgte gerade beim Bäcker frische Brötchen, schrillte das Telefon.

Es war Esther. „Hallo, Julchen!"

Wenn die mich Julchen nannte, hatte das was zu bedeuten.

„Hallo, Esther! Na, wie ist es?"

„Och!" Sie gähnte herzhaft in den Hörer. „Bin ziemlich kaputt. War erst gegen fünf zu Hause."

„Und", fragte ich kurz ab, „war es schön?"

„Oh ja!", schwärmte sie. „Weshalb ich übrigens anrufe … sag mal, ist Corinna in der Nähe?"

„Die ist Brötchen holen."

„Das ist gut, ich habe nämlich eine ganz große Bitte an dich."

Ich sagte ja, wenn Esther mich Julchen nannte …

„Die wäre?"

„Harry hat für eine Zusatzschicht übernommen. Könnte Corinna bis morgen bei euch bleiben?"

Nicht, dass ich Corinna nicht bei uns haben wollte, aber Esthers nie gekannter Egoismus ließ bei mir langsam sämtliche Nackenhaare sträuben.

„Du willst wieder zu Carlos?", argwöhnte ich wachen Verstandes.

„Ich habe ihm noch nicht gesagt, dass Harry die Schicht macht. Wollte erst mit dir reden."

Wie nett!, dachte ich höhnisch. „Und was wird aus unserem Kinobesuch? Willst du den jetzt ins Wasser fallen lassen?" Schon jetzt konnte ich mir lebhaft Corinnas Gesicht vorstellen, wenn die das erfuhr.

„Wir bräuchten den doch bloß verschieben! Sag Corinna einfach, ich wäre krank geworden. Erkältet oder so!"

„Spinnst du?" Ich hatte zunehmend Mühe, mich in Zaum zu halten. „Wenn du meinst, das ist richtig, was du da tust, ist es deine Sache. Aber deine Tochter belügen, das kannst du von mir nicht verlangen!" Esthers Wandlung vom ehrlichen und anständigen Charakter zur Baronin *Münchhausen* empfand ich als echt krass.

Einen Augenblick herrschte Stille. War sie jetzt beleidigt?

„Du hast Recht", rauschte es plötzlich kleinlaut durch die Leitung. „Weißt du was, ich melde mich gleich noch mal, wenn Corinna zurück ist."

„Tu das!", antwortete ich ungehalten.

„Bitte sei nicht böse mit mir, Jule! Es ist so lange her, dass ich das Gefühl hatte, für einen Menschen wichtig zu sein. Im Augenblick handele ich anders, als ich eigentlich bin. Sieh es mir nach. Bitte!" Das hörte sich wieder so an wie die Esther, die ich mal kannte. Meine Wut legte sich.

„Du bist für deine Tochter der wichtigste Mensch! Hast du das vergessen?"

„Nein, das habe ich nicht vergessen! Ich habe meine Gefühle im Augenblick nicht mehr unter Kontrolle. Einerseits bin ich überglücklich, so voller Abenteuerlust, andererseits schäme ich mich dafür. Es … es tut mir leid."

Hörte ich da ein leises Schluchzen?

„Vor mir brauchst du dich nicht rechtfertigen. Doch überlege dir gut, wo das hinführt?" Hörte ich da schon wieder einen mitleidigen Unterton aus meinem eigenen Munde?

„Melde mich gleich wieder!"

Ich war sicher, dass Esther jetzt heulte und deshalb das Gespräch so abrupt beendete.

Ihre neue Unzuverlässigkeit dehnte sich zu anderthalb Stunden aus.

„Geh du bitte ran, ich habe die Hände im Spülwasser!", bat ich Corinna, als das Telefon erneut klingelte. Und es war eine traurige Corinna, die kurz darauf zu mir in die Küche zurückkam.

„Mama ist krank", teilte sie mir enttäuscht und tränenden Auges mit. „Sie sagt, wir gehen ein anderes Mal ins Kino."

Ich nahm sie in den Arm und überlegte schon, ob ich mit ihr alleine gehen sollte, als sie fragte: „Können wir nicht heute Nachmittag mit Onkel Jochen in dem Cabrio fahren?"

Ja, warum nicht? Wir hatten einen der schönsten Frühlingstage, dazu hochsommerlich temperiert. Es bestand kein Grund, Corinnas Bitte abzuschlagen.

„Wir könnten Marlene in ihrem Schrebergarten besuchen", überlegte ich. „Was hältst du davon?"

„Prima!", stimmte Corinna schon wieder besser gelaunt zu.

Marlene, das war Jochens Stiefmutter, die ihn durch die Pubertät gezogen hatte, weil meine werte Schwiegermutter ihn nach der Scheidung beim Vater zurückließ. Marlene würde sich mit Sicherheit über unseren unverhofften Besuch freuen. Die Frage war, ob Jochen von dem Vorschlag ebenfalls begeistert war, wenn er gleich nach Hause kam. Ein Besuch bei Marlene im Garten bedeutete: „Könntest du mal eben den Gartenschlauch abdichten, der hat ein kleines Löchlein?!" oder „Reparierst du mir bitte den Rasenmäher, der verliert Öl?!" Marlene hatte grundsätzlich einige Fragebitten, die begannen mit: „Jochen, kannst du mal eben …?" oder „Jochen, hilf mir mal bei …!"

Jochens Freude hielt sich tatsächlich in Grenzen. Aber nachdem ich ihm den Sachverhalt geschildert hatte, natürlich ohne Carlos zu erwähnen, stimmte er dann doch relativ gut gelaunt zu.

Wider Erwarten wurde der Nachmittag sogar richtig schön. Marlene freute sich in der Tat über unseren Besuch. Corinna tobte mit Nadine und Toheckü über die Wiese. Ich saß auf der Terrasse und blinzelte in die Sonnenstrahlen und Jochen … So ein Mist aber auch! Ausgerechnet heute waren die Erdbeeren überreif.

***

Mit Esther ging eine Veränderung vor sich, die ich mir nie hätte träumen lassen. Die einst grundsolide Ehefrau setzte ihrem Ehemann in aller Öffentlichkeit *Hörner* auf, dass es mir schleierhaft war, wieso Harry nichts erfuhr. Jede Nacht, die er auf Schicht arbeitete oder Taxe fuhr, nutzte sie, um Carlos zu treffen.

Sie wartete zunächst, bis Corinna tief und fest schlief, bevor sie selbst die Wohnung verließ. Früher wäre es Esther nie in den Sinn gekommen, das Kind alleine zu lassen. Da regte sich schon in ihr ein mulmiges Gefühl, wenn es sich nur um eine halbe Stunde drehte, waren wir verabredet und Harry noch nicht zu Hause.

Esther und Carlos gingen essen, tanzen, spazieren und weiß der Geier, was sonst noch alles. Dass sie überall gesichtet werden konnten, wenn sie Arm in Arm auf ihrer rosa Wolke durch die nächtliche Stadt schwebten, schien beide nicht zu beunruhigen. Ganz im Gegenteil – selbst wenn Esther wusste, Harry war mit seiner Taxe unterwegs, ließ sie sich diese Art Unternehmung nicht vermiesen.

Wie oft warnte ich Esther, dass sie das Unheil selbst heraufbeschwor.

Ob sie es mit Absicht drauf anlegte?

Immer wieder beschrieb sie mir, welche Gefühle dieser Mann in ihr wachgerufen hatte. *(Wenn man mich fragt, musste es eher der Teufel gewesen sein.)* Carlos war nun angeblich die *grooooße* Liiiebe.

Mindestens genauso oft redete ich mir den Mund

fusselig, sie solle Harry dann aber bitteschön auch schleunigst die Wahrheit gestehen. Mein schlechtes Gewissen – das hatte ich davon, ihre Verbündete zu sein – machte mir zu schaffen. Manchmal war ich nahe dran, wenigstens Jochen alles zu erzählen. Dass ich dann doch den Mund hielt, lag daran, dass Esther mir trotz allem irgendwie leidtat und an meiner eigenen Feigheit. Ich schob den Hergang der Umstände auf Ursachen in ihrer Vergangenheit, das war so schön einfach.

Ja, lief Harry denn mit Scheuklappen durch die Gegend? Irgendwas konnte doch bei dem auch nicht ganz stimmen! Er musste doch merken, dass seine Frau sich veränderte. Seit wann, bitte schön, zog sie denn plötzlich Miniröcke an? Seit wann strahlte ihr Blick wieder in die Welt und seit wann vergaß sie, die oberen Knöpfe ihrer Blusen zu schließen? Erkannte Harry überhaupt noch das Dekollete seiner Frau?

Nein, Harry merkte offensichtlich nichts!

Dafür häuften sich die Streitigkeiten zwischen ihnen. Esther explodierte bei jeder Kleinigkeit. Die ganze Unzufriedenheit der langen Ehejahre gärte nun der Oberfläche entgegen.

In solchen Momenten setzte Harry sich einfach vor die Glotze und wartete ab, bis seine Frau sich wieder beruhigt hatte.

Corinna bemerkte die Veränderung ihrer Mutter dafür umso mehr. Und diese Veränderung wirkte sich unverständlich und beängstigend auf das Mädchen aus. Aber mit dem Vater reden? Das ging irgendwie nicht. Corinna kam lieber zu mir, in der Hoffnung, ich könne ihr die notwendigen

Erklärungen geben.

Doch durfte ich da jetzt vorgreifen? Ich fühlte mich elendig in der Zwickmühle. Esther überspannte den Bogen gewaltig.

3

Lüge, Wahrheit und Vertrauen

„Jule, bitte sei mir nicht böse, ich kann heute nicht mitkommen", entschuldigte Esther sich bezüglich unseres wieder anstehenden Frauenabends durch das Telefon. Ich kam nicht dazu, zu fragen, was denn los sei, da erklärte sie mir bereits: „Harry und ich hatten eben einen fürchterlichen Streit. Es ist besser, wenn ich heute nicht weggehe."

Na endlich!, dachte ich im Stillen. Sollte sie mit Harry reinen Tisch gemacht haben?

„Ich kann jetzt nicht gut reden", wich sie mir dahingehend aus. „Harry kommt! Du, ich muss auflegen …" Schon tönte das Besetzzeichen.

Was bedeutete das nun wieder? Die Frau brachte mich langsam zur Verzweiflung. Nun gut, dachte ich mir, sie wird mich schon noch aufklären.

Ich jedenfalls freute mich auf den Abend.

Diesmal trafen wir uns vorab zum Essen in der *Friedenseiche* in Neukirchen, dem Restaurant mit vielfältigem Speisenangebot und gemütlichen Plätzen im Wintergarten, von dem aus man einen herrlichen Blick über das Kreuzungsgeschehen an der Niederrheinallee hatte.

Offensichtlich trafen sich hier mehrere Clübchen, auch Männer. Am Nebentisch saßen sechs äußerst maskuline Ausgaben, schätzungsweise um die

Dreißig. Trixi platzierte sich so, dass sie alle im Visier hatte und ihren oft erprobten Augenaufschlag auch hier gezielt einsetzen konnte. Doch irgendwie wollten die Herren nicht so recht anbeißen. Keiner interessierte sich für ihre Anwesenheit. Sie bestellte sich einen viertel Liter Weißwein und prostete uns mindestens vier, fünfmal zu.

„Sag mal, geht es dir gut?", fragte Heidrun, die bei unserem letzten Zusammentreffen auf Mallorca weilte.

„Klar." Trixi grinste. „Mir geht es prima."

Elvira argwöhnte, dass Trixi nur versuchte, den Verein am Nebentisch auf sich aufmerksam zu machen.

„Okay, okay, du hast mich durchschaut!", gab sie denn auch ehrlich zu. „Ihr müsst zugeben, die sind schon was fürs Auge!"

„Du bist unverbesserlich!" Heidrun lachte. Sie mochte Trixis Schrullen irgendwie, brachten sie doch oft genug Spaß und Flirt ein. Schließlich gehörte man ja noch nicht zum alten Eisen.

„Vielleicht solltest du nicht so schnell alles runterkippen", riet Elvira mütterlich. „Schließlich hast du noch nichts gegessen."

„Macht nichts", entgegnete Trixi, „Jule fährt uns ja heute durch die Gegend."

Das stimmte. Ich hatte heute den Fahrdienst übernommen, damit die anderen was trinken konnten und Trixi sogar in Hochkamer abgeholt.

„Darf ich euch mal was fragen?", flüsterte Elvira über die Tischplatte.

Sofort wussten alle, was kam. Immer wenn Elvira fragte, ob sie *mal* was fragen durfte …

„Smittchen und ich … äh …", sie suchte nach den richtigen Worten, „ja also, es klappt irgendwie nicht so … *richtig*!"

Ich stieß Trixi warnend an, bevor sie in ihr Glas spucken konnte.

„'tschuldigung!" Sie riss sich zusammen, um nicht vor Lachen vom Stuhl zu kippen – womit sie sicherlich volle Aufmerksamkeit vom Nachbartisch gewonnen hätte. Rechtzeitig kriegte sie noch die Kurve: „Wie kann man seinen Mann nur *Smittchen* nennen?"

Heidrun und ich unterdrückten ebenfalls den Heiterkeitskrampf, der uns sträflicherweise überkommen wollte.

„*Dir* muss ich doch wohl nicht erklären, dass wir Smitt heißen", entgegnete Elvira pikiert, „kennst uns wohl lange genug!"

„Ist ja schon gut!", wehrte Trixi ab. „Aber warum nennst du Smittchen nicht mal Hasibärchen oder Schnuffelduffel?"

„Sag mal, willst du mich verarschen?" Jetzt geriet Elvira in Rage. Trixi konnte es aber auch nicht lassen – wenn auch zu Heidruns und meiner Belustigung –, sie aufzuziehen.

„Also, was hast du denn nun für ein Problem?", lenkte ich ein, bevor es zu bunt wurde.

Genauso schnell, wie Elvira auf die Palme ging, regte sie sich auch wieder ab. Just befanden wir vier uns in einer heiklen Diskussionsrunde über die Vorbereitungen einer der *wahnsinnigen* Momente im Liebestrott, in denen man sich selber nicht wiedererkannte.

Was Trixi nicht schaffte, Elvira bekam das mit

Leichtigkeit hin – die Lauscher der Jungs von nebenan entwickelten sich rasant zum Großkaliber.

Ob Smittchen, der den heutigen Abend bei uns zu Hause mit Jochen verbrachte, wohl die Ohren klingelten, weil er zum Gesprächsthema schlechthin wurde?

Auch später – wir waren längst auf dem Weg nach Moers und überlegten nebenbei, ob wir wieder ins *Fiddlers* oder zum *Café Extrablatt* gehen sollten – sinnierten wir über Smittchens Können oder besser gesagt, Nichtkönnen.

Heidrun wollte gerne ins *Fiddlers*, also kamen wir ihrem Wunsch nach und suchten uns ein freies Plätzchen, was mal wieder nicht so einfach zu finden war.

Ganz hinten durch, beim Abgang zu den Toiletten, bekamen wir die Möglichkeit, uns an einen großen Tisch mit dazu zu setzen. Heute spielte keine Live-Band, trotzdem herrschte gute Stimmung.

„Seht mal, *wer* da ist!", entfuhr es Trixi verblüfft.

Unsere Köpfe flogen herum, mein Blick erstarrte. Esther und, wenn mich meine Augen nicht trogen, Carlos suchte eine Sitzgelegenheit.

„Na, so was", wunderte Heidrun sich, „ich dachte, Esther kann heute nicht!"

„Wer ist denn der Mann bei ihr?"

Scheinbar brauchte Elvira eine Brille. Sie bemühte sich, mehr zu erkennen.

„Aber das ist ja …"

„Jedenfalls nicht *Harry*!", vollendete Trixi.

In dem Moment sahen auch sie uns. Carlos lächelte erkennend und winkte. Esthers Teint wechselte die Farbe. Offensichtlich überlegte sie, was sie jetzt tun sollte.

Sie entschied sich für die Offensive und kam mit Carlos herüber. Mit einem lauten und überraschten „Hallöchen!" grüßte sie in die Runde, wobei sie meinen Blick allerdings mied. „*Ihr* hier?"

Wenigstens der Überraschungseffekt war echt, Esther konnte schließlich nicht ahnen, dass wir unseren ursprünglichen Plan, ins *Centro* zu fahren, kurzfristig umgeschmissen hatten, weil sie nicht mitkonnte.

Trixi rutschte ein Stück zu Heidrun und hoffte, Carlos nehme jetzt neben ihr Platz. Doch kam er nicht dazu, ihr den Gefallen zu tun, denn Esther hechelte auffällig nach Luft. „Hier ist mir zu stickig, ich glaub, das ist heute nichts für mich. Seid nicht böse, ich war nur froh, als Carlos mir anbot, einen Gang durch die Luft zu machen."

Was redete die da für einen Müll? Ich hätte Esther in diesem Augenblick am liebsten vor Wut zerrissen. Ein Blick von Trixi, als Hinweis auf Heidrun und Elvira, hielt mich zurück.

„Was war denn *das* jetzt?" Heidrun verstand gar nichts. Wie sollte sie auch?

„Hört mal, täusche ich mich oder war das der, den sie letztes Mal hier kennengelernt hat?", fragte Elvira ungläubig. Die Gute brauchte also doch keine Brille.

Ich hatte das Gefühl, Heidrun und Elvira erwarteten eine Erklärung – und zwar von mir.

Trixi kam zu Hilfe: „Also gut, Mädels, es ist ja eh offensichtlich …", sie machte eine bedeutungsvolle Pause, „Esther hat einen Freund."

So, jetzt wussten sie es und *ich* hatte *nichts*

ausgeplaudert. Endlich konnte ich darüber reden und meine Aggression, die ich gerade gegen Esther hegte, damit ein wenig abbauen.

Elvira schien das Gehörte schwer zu verkraften. „Wie kann sie nur sowas machen? Glaubst du, es ist was Ernstes?"

„Keine Ahnung!", bekannte ich wahrheitsgemäß. „Aber letztendlich muss sie eine Entscheidung treffen."

Heidrun schüttelte immer wieder verständnislos den Kopf und nuschelte: „Mannomann!"

„Ihr Verhalten ist schlicht und einfach Scheiße!", beharrte Elvira auf ihrem Standpunkt. „So etwas tut man nicht!"

Da musste ich ihr Recht geben.

***

„Na, war's schön?", stellte Jochen seine obligate Frage, als ich mich neben ihm auf der Couch niederließ.

Zwar versprach Elvira mir, das war noch keine fünf Minuten her, den Mund zu halten, aber ihr Sinn für Ordnung gewann mal wieder die Oberhand. Sie ließ mich gar nicht zu Worte kommen, sondern platzte direkt heraus: „Das, lieber Jochen, solltest du mal deine Schwester fragen!" Ihre Missbilligung war nicht zu überhören.

Jochen schaute mich verständnislos an. „Was ist denn los?"

Elvira schäumte: „Esther geht fremd!"

Somit hatte Elvira mir die Entscheidung, Jochen einzubeziehen oder nicht, abgenommen. Ich hielt eh schon viel zu lange meinen Mund.

Smittchen *(bürgerlicher Name: Klaus-Dieter, aber da gefiel mir Smittchen echt besser)* checkte das Gehörte mit einem Naserümpfen, enthielt sich jedoch ansonsten. Er kannte zwar die Beteiligten – außer Carlos natürlich –, vertrat aber im Gegensatz zu seiner Frau die vernünftige Ansicht, ihn ginge das bitteschön gar nichts an.

Jochen reagierte ganz anders, als ich erwartet hatte. Zunächst war er geplättet, okay, aber dann bemerkte er nachdrücklich: „Habe mir schon was in der Art gedacht!"

„Wie?" Ich glaubte, mich verhört zu haben.

„Jule, ich kenne doch mein Schwesterlein! Die ist doch schon länger auf irgendeinem Trip!"

„*Das* hast du bemerkt?" Ich fasste es nicht.

„Ist bestimmt kein Kunststück! Schließlich habe ich Augen im Kopf und nicht, wie du immer annimmst, nur Knöpfe. Esther schminkt sich und zieht Miniröcke an, das muss ja wohl auffallen! Hat sie nie getan! Der Kerl muss der reinste Wunderknabe sein! Wie lange läuft das schon?"

Es gab keinen Anlass mehr, mein Versprechen zu halten. Esther hatte sich selbst zu verdanken, dass durch ihr Verhalten alles aufflog. Ich gestand die volle Wahrheit.

„Waaas?" Elvira fuhr wieder hoch wie eine Rakete. „Ich dachte …!"

„Wann hatte sie denn vor, es Harry zu sagen?"

„Keine Ahnung", erwiderte ich resigniert. „Ich rede gegen eine Wand, wenn ich versuche, ihr klarzumachen, dass Harry es jederzeit durch Dritte erfahren kann … sie hat ihren Verstand komplett ausgeschaltet, ist total verändert …", ich wusste auch nicht weiter.

„Dann werde ich eben mit ihm reden! Ich kann schließlich nicht zulassen, dass sie ihn in aller Öffentlichkeit bloßstellt!"

„Willst du ihr die Entscheidung abnehmen?", mischte Elvira sich empört ein. „Vielleicht wartet sie ja nur darauf, dass es ein anderer für sie tut!"

„Elvira hat Recht, Jochen! Lass Esther die Dinge selber regeln!", warf nun auch der sonst schweigende Smittchen ein.

Jochen war anzusehen, dass er mit sich kämpfte, nicht den Telefonhörer zu greifen.

„Aber eines verstehe ich nicht …!" Da war offensichtlich etwas, das Jochen nicht in den Kopf wollte.

„Was meinst du?", fragte ich.

„Dass Harry nichts mitbekommt!?"

Das verstand keiner von uns!

***

Eigentlich erwartete ich ja nun, dass Esther sich wenigstens telefonisch bei mir meldete, um eine Erklärung abzugeben. Doch nichts dergleichen geschah. Wartete sie etwa darauf, dass *ich* bei ihr anrief? Einerseits wollte ich ihr meine Enttäuschung gern ins Gesicht schreien, andererseits machte mein Verstand mir klar, Esther war sowieso nicht zu helfen. Wenn sie das Gefühl von Unrecht noch irgendwo in sich spürte, dann wusste sie schließlich, wie sie mich erreichen konnte.

Vier Tage danach klingelte unser Telefon. Ich

glaubte, meinen Ohren nicht zu trauen, als ich die Stimme am anderen Ende der Leitung erkannte.

„Jule, hier ist Lilo!"

Lilo Weng, die in der Wohnung unter Esther und Harry wohnte. Nie zuvor hatte sie mich angerufen. Ich kannte die Frau lediglich von Geburtstagsfeiern her, zu denen Esther auch immer ihre Nachbarn einlud. Was wollte sie von mir?

„Hör mal bitte gut zu, was ich dir jetzt sage!", flüsterte die Weng geheimnisvoll durch die Strippe.

Mein erster Gedanke: Es war etwas passiert! Mir wurde mulmig. So, als ob man jeden Moment eine Hiobsbotschaft erwartet.

„Was ist denn? Nun rede schon!" Wieso duzte ich mich eigentlich mit ihr? Aufgeregt und ungeduldig trat ich von einem Fuß auf den anderen.

„Wenn der Harry gleich bei dir anrufen sollte … Esther ist auf dem Weg zu dir! Hast du das verstanden?"

??? Ich verstand nur *Bahnhof*. Doch die Weng klärte mich nicht etwa auf, was das jetzt sollte. Mit einem hastigen: „Ich leg jetzt auf!" beendete sie das ominöse Gespräch.

Hin und her gerissen zwischen Wut, Enttäuschung und gleichzeitiger Sorge überlegte ich, was ich tun sollte. Mir war klar, irgendwas musste vorgefallen sein. Und wer im Mittelpunkt dieses Geschehens stand, war natürlich auch klar!

Mitten in meine Gedanken hinein klingelte es erneut. Diesmal meldete sich tatsächlich Harry.

„Tag, Jule, entschuldige, aber ich muss dir mal eine ganz dumme Frage stellen!"

Mir wurde schon wieder ganz anders. Seine

Stimme klang, als ob er mit Müh und Not einen gewaltigen Zornesausbruch unterdrückte.

„Was ist denn?", brachte ich einigermaßen gefasst vor. Im Hintergrund hörte ich Corinna schreien. Meine Güte, was ging da vor sich?

„Bist du heute mit Esther verabredet?"

Einen Augenblick brauchte ich zum Schalten. Laut Lilo Wengs Anweisung hatte ich nun wohl zu antworten: *„Wieso, ist sie denn noch nicht unterwegs? Ich warte schon!"* So oder ähnlich, der Phantasie waren da sicherlich keine Grenzen gesetzt.

Instinktiv aber ahnte ich, dass Esther sich in arger Bedrängnis befand. Was war geschehen? Warum sollte ich Harry anlügen? Hörte ich da nicht gerade auch Esthers Stimme?

Mein Geduldsfaden platzte. „Nein", antwortete ich wahrheitsgemäß. „Esther und ich waren heute nicht verabredet. Gib sie mir bitte mal!"

Harrys Stimme dröhnte selbst in meinen Ohren, als er seine Frau anschrie: „Ich habe es doch geahnt! Du lügst!"

Sofort versuchte Esther zu retten, was noch zu retten war und schluchzte in die Leitung: „Ich wollte doch kommen. Hast du das denn ganz vergessen?"

Die wollte mich doch glatt für meschugge erklären! Was zu viel war, war zu viel!

„Jetzt reicht es mir aber!", schrie ich sie an. „Lass mich endlich mit deinem Scheiß in Ruhe! Du lügst und betrügst und schämst dich nicht mal dafür! Und wenn ich schon die Hauptrolle in deiner neusten Komödie spielen soll, informiere mich gefälligst vorher darüber! Was denkst du dir eigentlich?"

„Aber hat Lilo denn nicht …?"

In meiner grenzenlosen Wut ließ ich Esther nicht mehr ausreden. „Lilo hat *gar* nichts und *du* ... ach, rutsch mir doch den Buckel runter!" Damit knallte ich den Hörer auf die Gabel.

***

Von nun an hüllte Esther sich in beleidigtes Schweigen. Sie machte sich offensichtlich keine Gedanken darüber, wie *sie* sich benahm und wie mir vielleicht zumute war.

„Ich glaube nicht, dass meine Schwester den Mumm besitzt und sich entschuldigt, darauf kannst du lange warten!" Jochens Worte ernüchterten mich und ich musste mich wohl oder übel damit abfinden, dass Esther sich so sehr verändert hatte.

Rund eine Woche später stand sie dann doch unverhofft in der Mittagszeit vor der Tür. „Ich möchte mich bei dir entschuldigen!"

Mir fiel ein Stein vom Herzen, denn ich wartete ja schon die ganze Zeit unterschwellig auf eine Regung ihrerseits.

„Jetzt komm erst mal herein! Weißt du was, ich mache uns eine schöne Tasse Kaffee und dann erklärst du mir einfach alles."

Esther nickte dankbar. „Mein Verhalten war nicht okay und …", sie stockte, wusste wohl nicht so recht, wie sie beginnen sollte. Dafür sah sie ausgesprochen mies aus. Ihr Gesicht war blass, was den Kontrast der schwarzen Ränder unter ihren Augen noch hervorhob.

„Irgendwie läuft alles aus dem Ruder", klagte sie. „Die Sache mit Lilo tut mir leid, das war so gar nicht geplant!" Sie nippte vorsichtig an dem heißen Kaffee, gleichzeitig füllten sich ihre Augen mit Tränen.

„Ich wollte dich auch nicht anblöken", übernahm ich meine Seite der Reue „Aber in dem Moment … Corinna schrie herum und Harry klang so … wie soll ich sagen? … lauernd. Was war überhaupt bei euch los? Und weshalb ruft deine Nachbarin mich an?"

Gespannt wartete ich auf die Antworten, die da kommen sollten. Vor lauter Durcheinander Esthers ging ich an den Barschrank und schnappte mir die Flasche Weinbrand. Einen brauchte ich jetzt! Mindestens.

„Du auch?", bot ich an. „Schmeckt zwar ätzend, aber tut dem Magen gut."

Esther verzog das Gesicht. „Lieber nicht. Dann kann ich mich gleich irgendwo hinlegen!"

„Vielleicht ist es das Beste, du erzählst jetzt mal der Reihe nach! Außerdem wüsste ich gerne, was mit Harry ist. Jochen versucht schon seit Tagen, ihn zu erreichen. Und sein Handy ist, wie es aussieht, permanent abgestellt. Nicht mal die Mailbox ist aktiv."

Esthers Tränen bahnten sich ihren Weg über beide Wangen. „Harry ist im Hotel!"

„Was?" Die Nachricht haute mich fast um. „Seit wann?"

„Seit dem Tag, wo Lilo dich anrief."

„Ach bitte, nicht *die* schon wieder!", wehrte ich ab. „Und jetzt sage mir endlich, was geschehen ist!"

Esther atmete tief durch, dann begann sie zu erzählen: „Carlos und ich sind gesehen worden. Von

Rita!"

Besagte Rita machte Nachtfahrten für dasselbe Taxiunternehmen wie Harry.

„Die hat es Harry natürlich sofort gesteckt. Stell dir vor, im Werk hat sie ihn angerufen und … er kam so was von erbost nach Hause, machte mich direkt zur Minna …"

„Sag nicht, das war an unserem Frauenabend?", fragte ich dazwischen.

Esther nickte. Ihr Tränenfluss versiegte. Sie schien jetzt nur noch wütend auf diese Rita zu sein.

„Dann rief ich dich ja an und sagte, dass ich nicht könnte."

„Ich erinnere mich." Und das nur zu gut!

„Harry war so sauer …!"

„Du bist gut! Was erwartest du denn?", hielt ich ihr vor. „Das war doch wohl eine normale Reaktion von ihm."

„Du hast ja Recht!" gab sie zu. „Aber das alles kam so unvorbereitet. Harry ist dann aus der Wohnung und war erst mal weg. Wohin, weiß ich bis heute nicht. Ich versuchte, Carlos zu erreichen und erklärte ihm die Situation." Esther machte eine Pause und trank ihre Tasse leer.

„Und weiter?" Ich genehmigte mir noch einen von dem grässlich lecker ätzenden Zeug. In meinem Magen rumorte es.

„Carlos wollte sich unbedingt mit mir treffen, um zu reden. Er hatte Angst, ich würde ihm den Laufpass geben."

„Hattest du das denn vor?", hakte ich gespannt nach.

„Darüber habe ich mir in dem Moment gar keine

Gedanken gemacht. Ich war völlig kopflos. Harry war einfach verschwunden und da habe ich Carlos versprochen, in die Stadt zu kommen."

„Und dann seid ihr ins *Fiddlers* und ausgerechnet *wer* sitzt da?" Meine Ironie war wohl kaum zu überhören.

„Jule, es tut mir echt leid! Ich dachte ja auch, ihr seid nach Oberhausen gefahren."

„Haben wir extra wegen dir verschoben!", gab ich ihr eins hinterher und erntete einen beschämten Blick.

„Es war doch gar nicht meine Absicht …!"

„Komm, ist erledigt!", blockte ich ab. „Wie ging es nun weiter?"

„Ich bat Carlos, mir Zeit zu geben, um mir über alles klar zu werden. Harrys Wutausbruch hat mich ziemlich geschockt. So habe ich ihn noch nie erlebt."

Das konnte ich mir gut vorstellen.

„Du hast Carlos nun also auf Eis gelegt und denkst ernsthaft über eine Lösung nach?" Konnte ich das glauben?

Jetzt zeigte sich sogar wieder ein Lächeln auf Esthers verheultem Gesicht. „Auf Eis gelegt? Na, das nun nicht gerade. Aber so kann es ja wirklich nicht weitergehen."

„Was war nun mit der Weng?", erinnerte ich.

„Carlos ließ sich nicht einfach abspeisen! Er rief ständig an und verlangte ein Treffen. Ich wollte ihm klarmachen, dass ich länger als ein paar Tage benötige, um die Dinge zu klären. So einfach ist das schließlich auch nicht nach vierzehn Ehejahren. Na ja, und dann habe ich halt nachgegeben und mich mit ihm verabredet! Harry hatte Spätschicht und bis zehn wäre ich längst zurückgewesen. Er hätte gar nicht gemerkt, dass ich weg war …" Wieder stockte sie. „Doch er kam unvorhergesehen früh nach Hause, hat sich freigenommen. Was sollte ich machen? Carlos konnte ich nicht mehr informieren und da habe ich in der Not, als ich den Müll zur Tonne brachte, bei Lilo geklingelt und sie gebeten, sie möge dich anrufen und bitten, im Fall einer Nachfrage von Harry zu bestätigen, wir beide seien verabredet."

Eigentlich wollte ich ihr jetzt gar keine Vorwürfe machen. Aber so ganz gelang mir das wohl doch nicht. „Ahnst du überhaupt auch nur im Geringsten, wie es *mir* dabei ergangen ist?"

Esthers Kaffeebecher klirrte, als sie diesen auf der Untertasse abstellte. Ihre Hände zitterten. Ihre Augen füllten sich erneut mit Tränen. „Ich wollte dich nicht verletzten!", antwortete sie leise. „Ich wollte auch Harry nicht verletzen und Corinna …", sie brach ab.

Da kam wieder die alte Esther zum Vorschein. Jene Esther, die mir lieb und teuer war, und vor allem *ehrlich!* Prompt erfasste mich eine Welle Mitleid, ich nahm sie in die Arme. Sie begann herzzerreißend zu heulen.

„Das wird schon wieder!", versuchte ich sie zu trösten.

„Wie denn?" Ihre Stimme klang brüchig.

„Zunächst musst du wissen, was *du* eigentlich willst! Vielleicht solltest du einfach ein paar Tage wegfahren und in Ruhe über alles nachzudenken. In einer anderen Umgebung fällt das bestimmt leichter.

Horche in dich hinein! Welche Gefühle hast du noch für deinen Mann? Was fasziniert dich *wirklich* an Carlos?"

„Ich weiß nicht … das sind so viele Fragen auf einmal!", schluchzte Esther. „Mein Kopf ist wie eine Rührschüssel." Demonstrativ fuhr sie mit der Hand über die Stirn.

„Eben. Aber ändern kannst nur du allein deine Situation!", versetzte ich mit Nachdruck. „Harry hat es verdient, dass du ehrlich zu ihm bist!"

Plötzlich surrte Esthers Handtasche. Nervös nestelte sie an dem Reißverschluss herum und zog ihr Handy heraus. „Carlos hat mir eine SMS geschrieben!" Ihr Blick sog das Display aus, ihre Tränen waren in Nullkommanichts getrocknet, ein Lächeln umspielte ihre Mundwinkel. Kurz: Von einem Moment zum anderen war Esther wie ausgewechselt, schoss abrupt von der Eckbank.

Ich fragte nicht, was in der Nachricht stand, ich konnte es mir denken.

Flink zog sie ihre Jacke über. „Du, ich muss weg! Danke, dass du mich nicht hängen lässt!"

Mit Kopfschütteln und zwiespältigen Gedanken blickte ich ihr nach, als sie mit quietschenden Reifen davonbrauste.

***

Mein Geburtstag stand vor der Tür *(letzte Galgenfrist bis zum Dreißigsten)*. Er fiel in diesem Jahr auf einen Freitag und da so tolles Sommerwetter herrschte, beschloss ich, eine kleine Gartenparty zu arrangieren. Ich lud also alle engeren

Freunde und Bekannte ein, um ausgiebigen Spaß zu haben.

In der Regel verzeichnete ich bei Einladungen einen gewissen Verschnitt. Doch diesmal kamen, außer Heidrun, die mit ihrem Mann auf einem Kurztrip weilte, alle. Ich zählte zweiunddreißig Personen, die da unter den von Elvira geliehenen Lampions und meinen bunten Papier-Girlanden ausgelassen feierten.

Schwager Harry war kaum wiederzuerkennen, sah sogar richtig gut aus, sein Gesicht tief gebräunt. Ging er neuerdings ins Solarium? Er trug helle Shorts und eins von diesen bunten Hawaii-Hemden, dessen obere Knöpfe offenstanden und einen großzügigen Blick auf seine dunkle und dicht behaarte Männerbrust freigaben.

Bisher hatte er kein einziges Mal neben seiner Frau gesessen. Zufall oder Absicht? Ich beobachtete Harry genau. Er hielt sich die ganze Zeit bei Jochen am entgegengesetzten Ende der Bierzelt-Garnitur auf und machte keinerlei Anstalten, sich um Esther zu kümmern.

Drei Wochen war es her, seit Esther bei mir gesessen und sich ausgeheult hatte. Drei Wochen, von denen Harry ungefähr eine im Hotel verbrachte und darauf wartete, dass seine Frau angekrochen kam, um seine Wunden zu lecken. Was Esther dann auch tat und mich umgehend informierte, Carlos in den Wind geschrieben und sich für den Fortbestand ihrer Ehe entschieden zu haben.

Trixi nahm mich zur Seite. „Wer ist denn der süße Dunkelhaarige da?" Sie zeigte auf Harry.

Ich verkniff mir ein Lachen. „Gefällt der dir

etwa?"

Sie nickte. „Ist er alleine hier?"

„Liebe Trixi, du wirst es nicht glauben …", ich konnte nicht anders, ich musste sie einfach foppen, „der Mann hat *Hörner*! Siehst du sie?" Mit ihrem Interesse an Harry hatte ich absolut nicht gerechnet.

Trixi, kein bisschen dumm, kapierte sofort, zeigte deutliche Verblüffung: „*Das* ist Harry? Der sieht doch dufte aus!"

„Ein *Sahneteilchen* sozusagen?", frotzelte ich.

„Und ob!", urteilte sie. „Um Längen besser als der Bärtige! Und so was lässt die sausen?!"

„Wollte!", verbesserte ich.

„Ach ja?" Trixi blieb skeptisch. „Wer's glaubt, wird …!"

„Sei still, Esther ist im Anmarsch!", fiel ich ihr ins Wort. Keine Sekunde zu früh, schon stand sie neben uns.

„Na, worüber unterhaltet ihr euch denn so angeregt?", fragte sie neugierig.

Mit Absicht horchte ich auf das Teufelchen in mir. „Och, Trixi hat wieder mal einen neuen Schwarm. Stell dir vor, du kennst ihn!"

„Wer soll das sein?", argwöhnte Esther. „Carlos etwa?" Der Blick, den sie der armen Trixi zuwarf, hätte böser nicht sein können.

Wieso kam sie jetzt auf Carlos? Allein das hätte mir zu denken geben müssen!

„Nein, nein", beschwichtigte ich sie, bevor es hier noch Streitereien gab, „*der* war nun wirklich nicht gemeint!"

Trixi rollte die Lider. „Hast du ein Problem, Esther?"

„Womit?", fragte die angriffslustig.

„Hört jetzt bitte sofort auf!" Nun wurde es mir zu bunt. „Das ist mein Geburtstag, wenn ich daran erinnern darf!"

Sofort schauten mich beide betreten an und entschuldigten sich.

„Jule meinte Harry", klärte Trixi Esther dann doch auf. „Hast du was dagegen, wenn ich ihn an…?"

„Wasss???" Esther wechselte die Farbe. Zeigte sich da etwa Eifersucht? Aber schon im nächsten Moment lachte sie lauthals los. „Na, das wäre ja super! Also Trixi, von mir aus, versuch's ruhig!"

„Du meinst, ich soll …?" Trixi vermochte offensichtlich nicht zu glauben, was sie da hörte.

Ich aber auch nicht! In diesem Augenblick wurde mir erst richtig bewusst, wie sehr Esther sich wirklich verändert hatte. Sie wollte also ihren Mann loswerden und das möglichst, ohne vorher mit ihm darüber gesprochen zu haben! Hatte sie mich wieder belogen? War Carlos die ganze Zeit noch im Spiel?

Unbekümmert schlenderte Esther von dannen. Trixi und ich sahen uns fassungslos an.

Harry hatte von all dem nichts mitbekommen. Leider! Dann wäre die Misere bestimmt zu Ende gewesen, denn seinem Verhalten nach zu urteilen war die eheliche Beziehung noch lange nicht gekittet. Er wechselte gerade den Sitzplatz und die Bank neben ihm war einladend frei.

„Dann werde ich mal …" Trixi zwinkerte mir zu und stob in Harrys Richtung. Seine Aufmerksamkeit zu gewinnen, fiel ihr nicht schwer, sie war sozusagen ein Naturtalent. Sie verwickelte ihn erst mal in belanglose Gespräche und ich ahnte, zu gegebener Zeit würde sie ihn daraufhin bearbeiten, sie noch ins *PM*, ihre Stammdisco, zu begleiten.

Harry schien sich zu amüsieren, nur auf Trixies direkter werdende Anmachversuche wollte er nicht so recht anspringen. Mir war das eigentlich von vornherein klar.

So gegen halb eins muss es gewesen, als er sich dann bei Trixi entschuldigte: „Nicht böse sein, aber ich bin einfach nicht in Stimmung und fahre jetzt lieber nach Hause." Zu seiner Frau rief er nur kurz angebunden hinüber: „Kommst du mit oder bleibst du noch?"

Die hatte keine Lust, schon zu gehen. „Du guckst eh nur in die Glotze!"

Mit der Vermutung traf Esther voll ins Schwarze. Harry bestätigte, sich noch einen Film ansehen zu wollen, den er sich bloß wegen meiner Feier aufgenommen hatte.

Trixi mischte sich ein. „Harry, was hältst du davon, wenn ich dich mitnehme? Muss in deine Richtung."

„Gute Idee!", betonte Esther. „Harry hat ohnehin schon genug getrunken, als dass er noch fahren kann! Mach's gut, Schatzi", rief sie ihm hinterher, „ich komme dann später nach!"

Ein liebendes Ehepaar benahm sich anders. Nur gut, dass Corinna heute bei ihrer neuen Freundin Mona schlief und nicht Zeugin dieses Spielchens wurde.

Harry und Trixi wurden von neugierigen Augenpaaren begleitet, als sie sich gemeinsam verabschiedeten und durch das Gartentürchen verschwanden.

„Hat Harry dir irgendetwas erzählt?", forschte ich bei Jochen in der Hoffnung, mehr über Esthers so genannte Wahrheit zu erfahren.

„Du kennst ihn doch!", gab mein Mann zurück.

„Er redet nicht über seine Ehe."

„Hast du ihn denn gefragt?", löcherte ich.

„Jule, soll ich mit ihm auf deiner Geburtstagsfeier Probleme wälzen? Dein Interesse für die beiden in allen Ehren, aber sie sind erwachsen und müssen sehen, wie sie zurechtkommen. Das Einzige, was ich nicht will, ist, dass wir da so mit hineingezogen werden!"

Wenigstens Jochen vermochte die Lage rein sachlich zu betrachten. Ich war viel zu emotional. Das war nicht immer von Vorteil.

Vielleicht sollte ich nur einfach endlich aufhören, mir Esthers Kopf zu zerbrechen und mich wieder auf die Dinge konzentrieren, die für mich wichtig waren!

4

Chiffre-Antwort mit Auswirkungen

Ich besann mich darauf, mir für das eine Jahr, bis Nadinchen in den Kindergarten kam, jemanden zu suchen, mit dem ich mich bei der Kinderbetreuung abwechseln konnte, um dadurch auch mal wieder Zeit für ganz persönliche Dinge zu gewinnen.

„Junge Frau, 29, mit zweijähriger Tochter möchte Freundschaft schließen mit Müttern, deren Kinder im gleichen Alter sind ...
Zuschriften unter Chiffre ...“

Meine Güte, das kostete vielleicht Überlegung, bis ich diesen einfachen Satz endlich zu Papier gebracht hatte, um ihn im hiesigen Stadtblatt drucken zu lassen.

„Hallo junge Mutter!“, meldete sich Antwort Nummer eins auf meine Anzeige. *„Auch ich bräuchte __dringend__ (dick unterstrichen!) eine Freundin, die mir mal ganz selbstlos meine Kinder abnimmt, damit auch ich mir mal ein paar schöne Tage machen kann. Antonia ist zwar schon sieben, aber ich hoffe, das ist nicht so tragisch! Sabine, unsere Jüngste ist genauso wie Ihre vier (Lesen konnte die Gute scheinbar nicht besonders!) und dazwischen liegen unsere Zwillinge Johanna und*

Friederike, fünfeinhalb. Auf einen baldigen Austausch freut sich Uschi, 35."

Hallooo?! Ich wollte doch keinen privaten Kindergarten eröffnen! Ab in den Papierkorb.

„Sehr geehrte Inserentin, mein Name ist Ines Freitag, ich bin einundzwanzig Jahre alt und habe einen vier Monate alten Sohn. Bei Interesse an meiner Person schreiben Sie bitte an folgende Adresse ..."

Zu jung! Chiffre-Antwort Nummer zwei ab in den Papierkorb.

„... eine Anrede spahre ich mir, da wir uns ja noch nich kennen. Ich bin Marion, und mein Sohn ist Gregor wir sint so ald wie ihr meine tellefonnumer ist ... Bis balt Marion!"

Wenigstens konnte die Frau ihren Namen richtig schreiben! Chiffre-Nummer drei ab in den Papierkorb.

Das also waren die heiß ersehnten Antworten auf den Satz, den ich mit Müh und Not zustande gebracht hatte! Die von mir erbetene Zustellung hätte der Verlag sich sparen können. So ein Reinfall!

Eine Woche später kam dann auch noch eine Nachzüglersendung. Ein einziger Brief, den ich erst gar nicht öffnen wollte, weil ich wahrscheinlich alleine vom Lesen nur wieder blass geworden wäre. Doch dann entschied ich mich anders.

„Liebe Unbekannte!", stand da. *„Auch ich bin Mutter einer zweijährigen Tochter und würde mich gerne so einem neu entstehenden Mütterkreis anschließen. Wir sind gerade erst hierher nach Neukirchen-Vluyn gezogen und wir beide, meine Tochter und ich, würden uns freuen, bald neue*

Freunde in der „Nachbarschaft" zu finden. Auf eine positive Antwort freuen sich Mascha und Ellen …"

An diesem Schreiben sprang mir sofort die angegebene Adresse ins Auge. Diese Ellen Wagner wohnte nämlich auf der Schöttenstraße, also tatsächlich sozusagen in der Nachbarschaft. Nur eine alte Bahntrasse trennte unsere Straßen. Ich wusste auch sofort, um welches Haus es sich handelte, denn Bekannte von uns wohnten zufälligerweise genau gegenüber. Bisher hatte ich immer nur die rote Plakette in Erinnerung, die ordnungsgemäß – wie vom Bauordnungsamt bei Sanierungsmaßnahmen vorgeschrieben – deutlich sichtbar im Fenster neben dem Eingangsbereich klaffte. Dass bereits Leute darin wohnten, war mir noch gar nicht aufgefallen. Aber ganz so genau hatte ich auch nie hingeschaut.

Ich rief diese Ellen gleich mal an und hörte vernahm eine angenehm klingende Frauenstimme.

„Wagner!"

„Guten Tag, Juliane Hentschel hier! Spreche ich mit Frau Ellen Wagner?"

„Ja, die bin ich!", tönte es erstaunt zurück.

„Ich bin die junge Mutter, die Freundschaft mit anderen Müttern schließen möchte", zitierte ich meine eigene Annonce.

Einen Augenblick zum Schalten, dann schien der Groschen gefallen. „Hach", freute die Stimme sich, „damit habe ich gar nicht mehr gerechnet."

„Bei Chiffreanzeigen dauert es meist ein bisschen länger", meinte ich ihr wegen der Zeitspanne erklären zu müssen, „und ich gehöre zu denen, die sich einmal die Woche die gesamten Briefchen zuschicken lassen, weil ich keine Lust habe, in die Stadt zu fahren, um sie abzuholen."

Ellen Wagner lachte. „Das hätte ich genauso gemacht! Übrigens, die Idee finde ich richtig toll, ich meine, die mit der Anzeige! Verstehe gar nicht, dass ich nicht selber darauf gekommen bin."

„Bei mir hat es auch was länger gedauert", lachte ich zurück.

„Hatten Sie denn wenigstens Erfolg?" Allein diese weiche und melodische Stimme erweckte meine Sympathie für Ellen Wagner.

„So lala", bekannte ich wahrheitsgemäß und beschrieb ihr die Brief-Erfahrungen mit Uschi, Ines und Marion.

Sie sandte einen lauten Lacher durch die Leitung und steckte mich gleich mit an.

„Wir sollten uns möglichst bald treffen! Ich glaube, wir haben dieselbe Wellenlänge!"

Spontan verabredeten wir uns für den tags darauffolgenden Nachmittag bei mir zum Kaffee. Ihre Tochter Mascha wollte sie dann auch mitbringen, so konnten die Kinder sich direkt beschnuppern.

***

Als Ellen dann zum ersten Mal vor mir stand, wusste ich sofort, dies war der Beginn einer langjährigen Freundschaft. Unsere beiden Mädchen mochten sich ebenfalls auf Anhieb und so kam es, dass die ursprünglichen Einzelkinder innerhalb kürzester Zeit wie Geschwister füreinander wurden. Die wenigen Meter zwischen unseren Wohnhäusern und der

Spielplatz an unserer Straße förderten diesen Verlauf natürlich ungemein.

Jetzt war ich heilfroh, den Einfall mit der Anzeige in die Tat umgesetzt zu haben.

Auch Jochen schickte wahrscheinlich im Stillen Dankesgebete zum Himmel. Immerhin bewirkte meine neue Bekanntschaft, dass meine Gedanken nicht mehr so viel um Esther kreisten.

„So ein Arsch …!" Wutentbrannt kam Jochen eines Abends zur Tür hereingestürmt.

„Was ist passiert?", fragte ich erschrocken. Ausbrüche dieser Art gab es bei meinem Mann eigentlich sehr, sehr selten.

„Ha!", murrte er laut auf und machte seinem Ärger Luft: „Ich war noch bei Nobs, um ein paar Termine abzusprechen ... stell dir vor, ich will gerade wieder ins Auto steigen, da schießt so ein Spinner um die Ecke und rast die Straße entlang, dass ich dachte, der nietet alles nieder. Dann prescht der Heini die Einfahrt gegenüber hinauf, steigt aus und macht mich auch noch blöd an, als ich ihn darauf aufmerksam mache, dass es sich um eine Tempo-Dreißig-Zone handelt."

Begegnungen dieser Art waren mit Sicherheit nicht aufbauend, aber dass Jochen deshalb dermaßen aus der Haut fuhr, wunderte mich schon.

„Hast du heute keinen guten Tag gehabt?", forschte ich nach.

„Ach", es folgte eine unmissverständliche Handbewegung, „lassen wir das lieber!" Um nicht weiter darüber sprechen zu müssen, fiel ihm ein: „Wann gibt's Essen?"

Na, das konnte ja ein heiterer Abend werden!

Aus einem plötzlichen Impuls heraus wollte ich dann aber doch wissen: „Du sagtest eben ... die Einfahrt gegenüber ... meintest du die bei Nobs gegenüber?"

„Du kannst aber blöde Fragen stellen!", war die reizvolle Antwort meines Gatten. Aber dann merkte er wohl, dass mich sein Benehmen langsam sauer werden ließ und lenkte ein: „Ja, an dem Haus, was saniert wird."

Ich schluckte ein zweites Mal und prustete los.

Jochen verstand die Welt nicht mehr. „Was ist denn *jetzt* los?"

„Ach, weißt du, Ellen und ich überlegen schon die ganze Zeit, wie wir unsere Männer miteinander bekannt machen. Hat sich nun wohl von selbst erledigt!"

„Du meinst, dieser ... dieser ...?"

„Genau das meine ich! Der *Arsch*, wie du ihn eben so nett tituliertest, dürfte Burkhard Wagner gewesen sein, Ellens Mann."

Entgeistert blickte Jochen mich an und seufzte: „Es gibt Tage, da bleibt man echt besser im Bett!"

***

Drei Wochen nach dieser *freudigen* Begegnung stand Nadinchens Geburtstagsfeier an. Für den Nachmittag erwartete ich einigen Besuch, inklusive meiner neuen Bekanntschaft.

Auch Esther erschien mit Corinna. Das Mädchen machte einen deprimierten Eindruck. Corinna rührte nicht mal eines der leckeren Hefeteilchen an, die sie sonst nahezu verschlang, drückte sich stattdessen wie festgewachsen und ohne einen Ton zu sagen, in die äußerste Ecke der Couch. Auch Esthers Miene zeugte nicht gerade von Fröhlichkeit.

„Was ist euch denn für eine Laus über die Leber gelaufen?", fragte ich ahnungslos.

„Harry zieht aus!", erklärte Esther knapp, just in dem Moment, als ich mir ein Stück Kuchen in den Mund schieben wollte.

Vor Schreck ließ ich die Gabel fallen und blickte sie ungläubig an.

„Endgültig!", setzte Esther eindringlich hinterher.

Geschockt sah ich zu Corinna. Dieser Blick, diese Schweigsamkeit! Da wusste ich, diesmal waren wirklich Tatsachen geschaffen worden.

Ich fühlte mich hin und her gerissen zwischen Mitgefühl, Neugierde und dem Drang, irgendwie zu helfen. Doch für solche Gedanken hatte Esther sich den ungünstigsten Zeitpunkt ausgesucht, den man sich nur denken konnte. Schließlich feierte meine Tochter heute ihren Geburtstag und in dieser Sekunde schrillte unsere grässliche Türklingel. Jetzt stand Nadine im Mittelpunkt, Esther und ihre Probleme rückten in den Hintergrund.

Der Kaffeetisch füllte sich. Toheckü freute sich wieder über etliche Kuchenkrümel und Nadine nahm derweil mit Mascha erst das Kinderzimmer auseinander, dann tobten sie im Garten.

Im Gegensatz zu sonst beteiligte Esther sich nur spärlich an der laufenden Unterhaltung, beäugte aber Ellen und mich. Corinna saß noch immer zusammengekauert auf ihrem Platz. Es war vorauszusehen, dass die beiden vorzeitig wieder nach Hause fahren würden. War Esther beleidigt, weil ich nicht weiter nachfragte? Abrupt erhob sie sich, bedankte sich für den schönen Nachmittag und erklärte quasi zwischen Tür und Angel: „Ach, beinahe hätte ich es fast vergessen: Samstag feiere ich meinen Geburtstag. Ihr kommt doch?"

Mir blieb die Spucke weg. Wer rechnete in *der* Situation mit einer Fete?

Sie fing meinen Blick auf, der die Welt nicht mehr verstand.

„Nur im kleinen Kreis, versteht sich."

„Ja … äh … gut, wir kommen natürlich gerne." Ich war gespannt, was Jochen dazu sagte, wenn er am Abend von diesen Neuigkeiten erfuhr. „Wann sollen wir da sein?"

„Eigentlich um acht, aber ich wollte euch bitten, eine Stunde eher zu kommen! Harry und ich möchten vorher noch mit euch sprechen."

Mit uns sprechen? Na, wenn sie da mit der Zeit *einer* Stunde mal hinkam!

***

Als wir die Wohnung betraten, sah ich in einem Bruchteil von Sekunden Corinna in ihrem Zimmer verschwinden. Sie begrüßte uns nicht, blieb die ganze Zeit über unsichtbar.

„Ach, die Mona ist heute hier", gab Esther Aufschluss. Damit war das Thema Corinna für sie erledigt.

Harry sah so smart aus wie auf meiner Feier. Auch heute trug er ein farbenfrohes Hemd mit uni Shorts. Die Sommerbräune stand ihm gut zu Gesicht, verlieh ihm Selbstbewusstsein. Er wirkte kein bisschen geknickt.

Jochen stieß mich leicht an. Hier stimmt was nicht!, sagte sein Blick.

Sollte Esther nun erwartet haben, dass ich Fragen stellte, so sah sie sich getäuscht. Ich war zwar zuweilen impulsiv und sprudelte heraus, was ich dachte, aber diesmal beherzigte ich den Rat meiner inneren Stimme und wartete die Dinge ab, welche da kommen sollten.

Harry begann ohne Umschweife: „Ich ziehe aus!"

Jochen und ich warfen uns einen unmissverständlichen Blick zu.

Harry sprach weiter: „Meine Frau hat einen Freund!"

Merkwürdig, in welch gleichgültiger Art er das hervorbrachte!

„Und das, wie wir alle wissen, ja schon länger!" Dabei streifte sein Blick mich und ich glaubte, darin die unausgesprochenen Frage zu erkennen: Warum hast du nichts gesagt? „Nun, wir haben es zwar trotzdem noch mal miteinander versucht, aber …", er steckte sich eine Zigarette an und sog tief den ersten Zug ein, „es funktioniert nicht!"

Jochen sah zu seiner Schwester, doch bevor er etwas sagen konnte, grollte Esther: „Komm mir nicht mit Vorwürfen! Harry ist nicht besser!"

„Wie?" Jochen verstand überhaupt nichts. Und ich auch nicht!

„Harry hat eine Freundin!", donnerte sie los. „Was sagt ihr denn *dazu*?"

„Ach!"

Waren die jetzt hier völlig vernebelt oder was?

Jochen blieb gelassen. „Das glaubst du doch wohl

selber nicht!"

„Dann frag ihn!"

Warum regte Esther sich eigentlich so auf? Sie konnte doch froh sein, wenn es so war. Damit hatten sich ihre Probleme mit einem Schlag gelöst.

„Klar hab ich!" Harry grinste hämisch, blieb aber ansonsten erstaunlich gelassen.

Sein Verhalten brachte Esther immer mehr in Rage. „Ich habe es doch gesagt!"

„Und ihr meint, Trennung ist die beste Lösung?", fragte Jochen fassungslos. Im Gegensatz zu ihm rechnete ich ja schon länger damit.

„Zunächst ja!", antwortete Harry. „Vielleicht versuchen wir es irgendwann auch noch mal miteinander, vielleicht auch nicht." Er zuckte die Achseln. „Kommt ganz drauf an, ob Esther mit dem Kerl Schluss macht oder nicht!"

„Warum sollte ich? Ich bin dir doch sowieso egal!" Und da Esther gerade so schön in Fahrt war, spuckte sie jetzt das Angestaute ihrer mittlerweile vierzehneinhalb Ehejahre aus. Ihre Ausführungen wurden jäh beendet, als die anderen Gäste kamen.

Wer hätte gedacht, dass dieser Abend doch noch richtig nett wurde? Esther und Harry bekabbelten sich sogar. Etwas, das sie bisher – zumindest in unserer Gegenwart – nie getan hatten. Herrje, da sollte noch ein Mensch durchblicken?

Auf dem Heimweg ließ Jochen seinen Gedanken freien Lauf. „Diesen Quatsch hätte ich meinem Schwager gar nicht zugetraut!"

„Welchen Quatsch meinst du?"

„Na, glaubst du etwa im Ernst das mit der angeblichen Freundin?"

„Keine Ahnung, was ich noch glauben soll!",
resignierte ich. „Aber wenn das so weitergeht, bin
ich bald reif für die Klapsmühle!"

Jochen schwieg einen Moment. Dann überlegte er:
„Vielleicht ist eine Trennung wirklich das Beste!
Manchmal merkt man erst, wenn der andere nicht
mehr da ist, was man an ihm hatte."

Nicht nur im Hinblick auf Corinna wünschte ich
mir, dass sich diese Weisheit auch bei Esther und
Harry bewahrheiten würde.

5

Was für eine Situation ...

Der Zeitpunkt von Harrys Auszug aus der ehelichen Wohnung rückte schnell näher. Man sollte meinen, jetzt, wo die Würfel gefallen waren, ließe es sich besser leben. Ha, denkste!

Esther ging es miserabel. Ich übte bei Corinna in dieser schweren Phase die Rolle des Seelentrösters aus und erfuhr dadurch, dass ihre Mutter viel weinte, wenn sie sich alleine im Zimmer wähnte.

Was gab es da zu heulen? Esther hatte doch jetzt, was sie wollte. Carlos zog nach und nach bei ihr ein und Harry aus, brachte ihr aber noch seine Wäsche – vorerst wenigstens. Es war wie verhext, aber sie tat mir schon wieder leid.

Das Wetter an diesem Vormittag sah viel-versprechend aus, ich verspürte Lust, mal wieder durch eine größere Fußgängerzone zu bummeln. Da meine Tochter nachmittags nun öfter bei Mascha spielte, stand mir tatsächlich Zeit zur Verfügung, auf die ich seit Nadines Geburt weitgehend verzichtete.

Aus reiner Spontaneität heraus rief ich in der Reinigung an, um Esther zum Mitkommen zu bewegen. Vielleicht tat ihr die Abwechslung auch ganz gut.

„Jule, schön, dass du dich mal wieder meldest!"

Was sollte denn *das* jetzt? Es war höchstens zwei

Wochen her, dass ich …

„Nach Krefeld? Heute? Du, das geht leider nicht, muss heute Nachmittag zu Hause bleiben." Sie schien zu überlegen. „Aber wenn du möchtest, kannst du gern zu mir kommen! Ich back uns auch einen Kuchen."

Ihre Einladung klang so nett, also verzichtete ich auf den Stadtbummel. Auf den Gedanken, zu fragen, weshalb sie nicht wegkonnte, kam ich nicht.

Mich traf der Schlag: Die Reste vom Frühstück standen noch auf dem Küchentisch, Geschirr stapelte sich in der Spüle, auf dem Boden lagen Unmengen irgendwelcher Krümel und in den Ecken hingen Staubweben. Nicht, dass es bei mir nicht auch schon mal so ausgesehen hätte, aber bei Esther? Bisher konnte man von ihrem Fußboden essen und wäre dabei elendig verhungert.

Esther wirkte unruhig, zerstreut und entschuldigte sich zigmal: „Ich musste bis halb drei arbeiten, deshalb kam ich noch nicht dazu, sauber zu machen." *(Geschweige denn Kuchen zu backen!)*

Kaum saß sie auf dem Stuhl, stand sie wieder auf, weil sie mal den Zucker – den wir beide nicht tranken –, dann den Kaffeeweißer vergessen hatte.

„Was ist eigentlich los?" Ihre Nervosität griff langsam auf mich über.

Sie kam nicht dazu, mir eine Antwort zu geben. Ein Schlüssel drehte sich von außen in der Wohnungstür. Esther wurde blass, atmete hörbar auf, als sich Corinnas Kopf über die Schwelle streckte.

Die freute sich deutlich, mich hier vorzufinden, begrüßte mich überschwänglich und ließ sich auf den Stuhl neben mir fallen. Genüsslich stopfte sie sich ein großes Stück von dem Marmorkuchen *(aus dem Vorratsregal)* in sich hinein und fragte mit vollem Mund: „War Papa schon da?"

„Nein", sagte Esther knapp.

Corinna erzählte ein wenig aus der Schule. Mit Doris hatte sie sich gezankt und mit Mona wollte sie am nächsten Tag ins Kino.

Als es klingelte, sprang Esther unvermittelt hoch. „Das ist bestimmt Harry!" Wieder kreidebleich stellte sie sich vor die Spüle, ließ mich dumm sitzen und begann den Abwasch.

Harry klingelte also, bevor er seine eigene Wohnungstür öffnete? Er blickte verdutzt, als er mich sah, versuchte, ein Lächeln zustande zu bringen. Seine Tochter bedachte er mit einem flüchtigen Wangenküsschen und für seine zukünftige Exfrau hatte er nur ein: „Hallo! Ist meine Wäsche schon fertig?" übrig.

„Steht im Bad, den Wäschekorb kannst du mitnehmen und behalten", antwortete Esther, ohne sich umzudrehen.

Wieso zeigte sie ihm permanent den Rücken? Konnte sie ihm nicht mehr in die Augen sehen?

„Fein." Harry schien es nichts auszumachen. Oder fiel es ihm nicht auf?

Dann kramte er im Schlafzimmer herum, kam mit ein paar Klamotten auf dem Arm zurück in die Küche und hängte sie über die Stuhllehne. „Kannst du mir vielleicht ein oder zwei alte Töpfe geben? Und eventuell ein paar Teller?"

Hörte ich richtig? Da zog Harry zwangsläufig aus der gemeinsamen Wohnung, räumte das Feld freiwillig für seinen Nachfolger, beließ selbst den Anteil der Möbel zurück, der ihm zustand und bettelte nun um ein paar Gebrauchsgegenstände, die sich in diesem Haushalt mit den Jahren in Hülle und Fülle angehäuft hatten?

Esther duckte sich vor den Unterschrank und holte zwei Töpfe zum Vorschein. „Die kannst du meinetwegen haben."

Harry benötigte noch einige andere Dinge, wonach er artig fragte. Mir blieb die Spucke weg. Corinna hatte sich längst verzogen. Die wusste schon, warum.

Das war vielleicht eine Situation! Harry und Carlos gaben sich sozusagen die Klinke in die Hand. Der eine entfernte seine persönlichen Sachen, der andere ersetzte sie umgehend durch seine eigenen. Im Badezimmer lag bereits Carlos' Rasierzeug auf der Ablage.

Die Stimmung im Raum war erdrückend. Als Harry Anstalten machte, seine Sachen runter zum Auto zu bringen, um anschließend in seine neue Wohnung zu fahren, in der er bereits seit einer Woche nächtigte, verabschiedete ich mich ebenfalls.

∗∗∗

Harry wohnte von nun an also in Neukirchen. Durch die Zeitung hatte er eine schöne Zweizimmer-Wohnung auf der Siebertstraße gefunden, mit Blick ins Grüne.

Fast fünfzehn Jahre, in denen Esther alles machte – zumindest, was den Haushalt anging – waren plötzlich vorbei. Eine ziemliche Umstellung für ihn, denn sein neues Single-Dasein brachte nun ganz andere Varianten der Ärgernisse mit sich. Damit musste Harry sich erst mal auseinandersetzen. Das fing mit der Nahrungszubereitung samt vorheriger Beschaffung an und zog sich über sämtliche Arbeiten hin, die in so einem Haushalt eben anfielen. *(Ich erinnere mich da an so ein nettes Liedchen, das Johanna von Koczian vor Urzeiten zwitscherte.)*

Wenigstens kümmerte sich die Noch-Ehefrau um seine schmutzigen Unterhosen und dergleichen, da sie unter anderem auch das Sorgerecht für die gemeinsame Waschmaschine behielt. Ansonsten hieß es für Harry nun: Selbst ist der Hausmann! Wenn auch widerwillig, denn …

Staubsaugen, Staubwischen,
Bett machen, spülen, putzen,
ach, wozu? Es wird ja doch nichts nutzen.
Bin ich ein paar Stündlein nur zu Haus,
sieht's eh wieder wie vorher aus.
Also lasse ich's besser gleich sein,
bis 'ne andere „Esther" macht die Bude rein …

Die andere „Esther" hieß Elfie und war angeblich das, was man eine bildschöne Frau nannte. Harry schwärmte von seiner neuen Eroberung bei Jochen und mir in den höchsten Tönen und erzählte auch noch ganz andere Dinge, die er besser für sich behalten hätte.

Ob er damit rechnete, dass ich Esther alles weitergab? Wenn dem so war, ging ihm der Informationsfluss scheinbar zu langsam vonstatten. Deshalb legte er den nächsten Wäschebesuch auf den frühen Sonntagmorgen und bat seine Frau, ihm doch bitte mit ein paar Scheibchen Wurst und Butter auszuhelfen. „Ich habe nämlich Besuch bekommen und es nicht mehr geschafft, einzukaufen!"

Um welche Art Besuch es sich hier handeln musste, war der guten Esther garantiert klar. Doch gab sie Harry das Gewünschte, ohne eine Miene zu verziehen. Das nun wiederum aber störte Harry ganz gewaltig.

War zumindest mein Eindruck, wenn er uns derlei Situationen im Nachhinein ausführlich schilderte.

Armer Harry! Alles umsonst! Die Super-Elfie verabschiedete sich bereits nach ein paar durch… *(den Teil konnte man sich denken)* Nächten auf Nimmerwiedersehen. Jetzt musste er seine Bude doch selber in Schuss halten. Aber Moment mal! Er hatte ja noch eine Tochter! Corinna griff ihrem alten Vater gewiss gerne unter die Arme.

6

Fröhliche Weihnachten

Esther erklärte, die Feiertage mit Carlos bei seiner Schwester in Wiesbaden verbringen zu wollen. Das war schon ein seltsames Gefühl für mich. All die Jahre zuvor feierten wir den Heiligen Abend gemeinsam unter unserem Tannenbaum, mit erwartungsvoller Bescherung für die Kinder und anschließendem Fondue samt Rotwein.

Natürlich hatte ich nicht vor, Harry nach der Trennung nun alleine sitzen zu lassen und lud ihn wie gehabt zu uns ein. Corinna sträubte sich gegen die neue *Verwandtschaft* und kam ebenfalls lieber zu uns. Marlene wollte selbstverständlich auch bei ihren *lieben Kinderchen* sein, dazu sagten sich – ebenfalls wie jedes Jahr – Smittchen und Elvira an. *(Ich vergaß zu erwähnen, dass Smittchen als Nadines Patenonkel und Esther als Patentante in der Taufurkunde standen.)*

Bevor aber nun alle bei uns einschneiten, bildete der Besuch in der Vluyner Dorfkirche den Auftakt zum Familienfest. Die Kindermesse begann um fünfzehn Uhr, doch erfahrungsgemäß stand man sich besser schon anderthalb Stunden vorher am Kirchenportal die Beine in den Bauch, um überhaupt einen Sitzplatz zu ergattern.

Es gab da dieses tolle Sprichwort: „Die Letzten

werden die Ersten sein". Als die Pforte geöffnet wurde, zwängte sich eine ältere Frau mit den Körpermaßen „ein Meter mal ein Meter" einfach vorbei ins Kircheninnere und platzierte sich soweit vorne, wie es nur ging. Offensichtlich schien ihr nicht bewusst, dass die ersten drei Bankreihen extra für Kinder vorbehalten waren und meckerte auch noch, als Jochen sie mehrmals, aber vergeblich darauf hinwies, dass sie nicht nur unserer Nadine, sondern sämtlichen Kindern, die hinter ihr saßen, die Sicht komplett versperrte.

Bevor mein Gatte hochging wie ein „HB-Männchen", versuchte ich ihn zu besänftigen: „Komm, lass! Mit solchen Leuten kann man nicht reden."

Lag es an den ständig schreienden Babys oder den kreischenden Kleinkindern, die alle Naselang durch den Mittelgang rannten? Jedenfalls übertraf die Unruhe während der Messe die der Vorjahre bei Weitem.

Ich war froh, als wir wieder zu Hause waren.

Kaum trafen Harry und Corinna ein, platzte die heraus: „Mama will, dass Papa wiederkommt!" Sie lachte gelöst wie lange nicht mehr.

Harrys Grinsen gewann an Breite, als wir – reichlich dumm aus der *Wäsche* guckend – auf seinen Einwand warteten. Wir vermochten das Gehörte nicht zu glauben.

„Ich komm heute Morgen, will Corinna abholen, da rennt sie mir schon ganz aufgeregt entgegen. *„Papa, die Mama weint so, bitte sieh doch mal nach ihr!"* Ich also hoch, denke, es ist wer-weiß-was passiert und …"

Warum sprach er denn nicht weiter?

„Esther war völlig daneben, nahezu hysterisch."

„So habe ich die Mama noch nie erlebt!", rief Corinna bestätigend dazwischen. „Sie hat sogar nach den Küchenstühlen getreten."

„Und wo war Carlos?", forschte Jochen hellhörig geworden.

„Angeblich kurz zu seinem Laden", feixte Harry. „Auf einmal sollte ich sie sogar in den Arm nehmen. Es sei doch auch schön mit uns gewesen. Sie habe da wohl einen Riesenfehler gemacht."

„Hat sie konkret gesagt, dass du zurückkommen sollst?", bohrte ich beharrlich nach, sah einen Lichtblick in dieser verfahrenen Kiste und hoffte zudem, alles werde wie früher. Obwohl ich vom Verstand her wusste, dass das nicht geschah.

Harry lächelte siegessicher. „In der Tat, hat sie."

„Und?" Gespannt sahen wir ihn an. „Gehst du zurück?"

Er zuckte die Schultern. „Da ist immer noch Carlos!"

„Was denkt meine Schwester sich nur?", knurrte Jochen.

„Mama wird sich bestimmt von Carlos trennen!" Es klang, als beschwor Corinna den Vater.

„Schon wieder mal?" Jochens Sarkasmus machte sofort alle Hoffnung zunichte. Scheinbar auch Harrys.

„Ich warte einfach ab!", erklärte der nämlich daraufhin. „Dann werden wir ja sehen, was passiert."

Keiner von uns bemerkte, dass Corinna mit aufsteigenden Tränen den Raum verließ und zu

Nadine ins Kinderzimmer schlich.

Jochen hatte genug von Esthers Hickhack. „Sollte sie den Mann hinauswerfen und in drei Monaten noch derselben Meinung sein, dann ist es ihr auch ernst! Es weihnachtet, da bekommt sie wie so viele ihren Moralischen!"

„Ich weiß!", grummelte Harry.

„Lass sie mal eine Weile richtig zappeln!"

Ob Jochens Rat von Mann zu Mann auch gut für *frau* war?

„Harry, verzeih, wenn ich dir jetzt vielleicht zu nahe trete ...", mischte ich mich ein, „liebst du Esther eigentlich?"

Harrys Blick zeugte von Überraschung. So direkt hatte ihn wohl noch keiner gefragt, nicht mal er sich selber.

„Wenn Esther nicht mit Carlos ..."

„Carlos hat doch eigentlich gar nichts damit zu tun!", unterbrach ich seinen Versuch, mir klarzumachen, dass Esther die alleinige Schuld an der Misere trug. „Der ist nur das Tüpfelchen auf dem i. Aber sag, kannst du mir die Frage nicht bitte beantworten? Liebst du Esther?" Meine Güte, ich konnte aber auch löchern ...

„Ist doch eh zu spät!", kam es. Die Erkenntnis nahm ihn mit. Sein Blick hatte sich unter meiner Fragerei verändert. „Ich habe viel falsch gemacht, hätte es nie soweit kommen lassen dürfen!" Harry sprang auf, lief erregt hin und her. „Aber die Sache mit Carlos ist ein starkes Stück!"

Ich gab ich ihm Recht, aber nichtsdestotrotz ...

„Ihr tragt beide euer Säckchen! Du bist nicht gerade ein Ehemann, der seiner Frau Gefühle zeigt.

Esther hat darunter gelitten, sich minderwertig gefühlt. Du warst immer nur mit anderen Dingen beschäftigt, nie mit ihr, nie mit deiner Familie. Oder glaubst du, Carlos hätte überhaupt die Chance gehabt, in eure Ehe einzudringen, wenn diese in Ordnung gewesen wäre?"

Betreten schüttelte Harry den Kopf.

„Statt einfach mit der Faust auf den Tisch zu schlagen, erfindest du anfangs eine Freundin, nur damit Esther nicht sieht, wie sehr du getroffen bist. Meine Güte, Harry, fällt dir denn nichts Besseres ein?"

Ich wusste nicht, ob es richtig war, ihm das alles an den Kopf zu schmeißen. Aber ich spürte, dass er doch bereit war zu kämpfen, er überblickte nur einfach nicht, wie.

„Danke, dass du so offen mit mir redest!", bemerkte er mit jener Ehrlichkeit, die ich immer an ihm zu schätzen wusste. „Ich muss noch mal ganz von vorne anfangen, auch was Corinna angeht."

„Das wird auch höchste Eisenbahn!", versetzte ich ihm nachdrücklich.

Harry nickte.

***

Am frühen Abend saßen wir in gemütlicher Runde beim Fondue. Das Telefon ging. Esther. Wir wünschten uns gegenseitig ein frohes Fest. Ich horchte in den Hörer. Weinte sie?

„Ist Harry noch bei euch?", wollte sie wissen.

„Ja, wir essen gerade. Möchtest du ihn sprechen?"

„Nein, nein!", lehnte sie nervös ab. „Hat er etwas

gesagt?"

„Nicht viel", hielt ich mich bedeckt. „Aber du rufst doch nicht extra aus Wiesbaden an, um mich das zu fragen?"

„Ich bin nicht in Wiesbaden", kam es zurück.

„Wieso, du wolltest doch mit Carlos …!" Meine Verblüffung war nicht zu überhören.

„Wollte ich. Bin ich aber nicht!"

Jetzt vernahm ich ganz deutlich ihr Schluchzen.

„Bist du etwa zu Hause?" Das konnte doch wohl nicht wahr sein!

„Ja."

„Und wo ist Carlos?", fragte ich nun vollends verwirrt.

„In Wiesbaden."

„Aha. Darf man erfahren, was eigentlich passiert ist?" Darüber vergaß ich sogar meine Filetstücke, die gerade im Fett vor sich hinbrutzelten.

Esther erklärte knapp, sie habe sich mit Carlos gestritten und ihn daraufhin alleine fahren lassen. Harry dagegen hatte sie weisgemacht, Carlos sei in seinem Laden. Über den Anlass wollte sie offensichtlich nicht sprechen.

„Er hat gesagt, er muss sich noch mal alles durch den Kopf gehen lassen."

„*Wer* jetzt?" Bei diesem Durcheinander blickte ja kein normaler Mensch mehr durch.

Die Rede war von Harry.

„Verübelst du ihm das? Was erwartest du? Dass er mit wehenden Fahnen zurück ins heimische Nest fliegt, wo noch der Adler haust, der ihn vertrieb?" Und überhaupt: War ihr Sinneswandel echt? „Willst du wirklich, dass Harry zurückkommt?"

88

Statt einer konkreten Antwort kam die bange Gegenfrage: „Glaubst du, er tut es?"

„Woher soll *ich* das wissen? Vielleicht denkst du ja mal über dein eigenes Verhalten nach!" Meine Worte klangen hart, aber entsprachen den Tatsachen. „Du hast dich sehr, sehr verändert in der letzten Zeit! Auch ich kenne dich nicht mehr wieder! Und eines kann ich dir mit Bestimmtheit sagen: Solange du Carlos nicht endgültig in die Wüste schickst, wird Harry sicherlich nichts tun!"

In der Leitung blieb es still. Hatte sie aufgelegt? Nein, dann würde ja das Besetzzeichen tuten.

„Esther? Bist du noch dran?"

Ein Seufzen. „Ja", klang es kleinlaut.

„Pass auf, ich mache dir einen Vorschlag: Komm her, sprich dich mit Harry aus. Ihr könnt ja einen Spaziergang machen, bei dem es sich vielleicht besser reden lässt."

„Ich weiß nicht …"

Langsam hatte ich die Faxen dicke. „Okay, dann überlege es dir!", antwortete ich mühsam beherrscht. „Und jetzt möchte ich Schluss machen, mein Essen verbrutzelt! Also, wenn du nicht kommst: Schönen Heiligabend noch!"

Oh, du Fröhliche …

„War das Mama?" Corinna stand plötzlich hinter mir. Hatte sie mitgehört?

„Kommt sie?" Es klang hoffnungsvoll.

„Keine Ahnung", gab ich ehrlich zu. „Sag mal, wusstest du, dass deine Mutter zu Hause geblieben ist?"

Corinna nickte wortlos.

„Dein Vater auch?"

„Nein, Papa dachte, Carlos sei zurückgekommen, nachdem er mich abgeholt hat, und sie wären anschließend gefahren."

„Und kannst du mir auch sagen, weshalb sie nicht mitgefahren ist?" Normalerweise quetschte ich keine Kinder aus, um etwas über die Angelegenheiten der Eltern zu erfahren, aber in diesem Falle …

„Gestern hat Mama zu Carlos gesagt, sie würde viel lieber zu euch statt zu seiner Schwester fahren", klärte Corinna mich auf über das, was sie wusste. „Außerdem rief vorgestern auch noch die Oma an, ob wir zu ihr kämen." Corinna rollte die Augen, sie hielt von den alljährlichen – und bloß vor Weihnachten – *sehnsuchtsvollen* Anrufen meiner Schwiegermutter Ursula genauso viel wie ich. Nämlich nichts.

„Carlos wollte nicht hier hin, und zur Oma schon gar nicht", redete sie weiter. Und dann hat's richtig Stunk gegeben."

„Kann ich mir lebhaft vorstellen", warf ich ein. „Und weiter?"

„Carlos ist einfach abgehauen. Mama hat getobt, weil er stundenlang weg war und irgendwann stinkbesoffen nach Hause kam. Danach war den ganzen Abend dicke Luft, und heute früh ist er dann alleine zu seiner Schwester abgedüst."

Jetzt verstand ich so manches!

„Wo warst du denn so lange? Wer hat denn angerufen?", fragte Jochen, als ich endlich an den Esstisch zurückkam.

„Mama kommt vielleicht noch!" Corinna berichtete.

Elvira warf mir einen ihrer Hab-ich-es-mir-dochgleich-gedacht! - Blicke zu, sagte aber erstaunlicherweise nichts.

Marlene, die nur den Part mit Jochens leiblicher Mutter – die konnte sie so gut leiden wie schimmeliges Brot – gespeichert hatte, bemerkte sarkastisch: „Ursula Meier schafft es doch immer wieder, Unfrieden zu stiften!"

Obwohl die diesmal nun wirklich nichts für die Zwistigkeiten konnte, ließ ich Marlene in ihrem Glauben.

Und was tat Harry? Der legte sein Besteck beiseite, stand auf und verabschiedete sich konfus.

„Was soll denn das jetzt? Wieso gehst du? Und dein Essen?", schimpfte ich verständnislos für solche Kindereien.

„Bitte seid mir nicht böse", entschuldigte er sich, „ich kann jetzt nicht mit ihr zusammentreffen! Ich muss mir erst über alles klar werden!"

„Aber es ist doch gar nicht gewiss, ob sie kommt!", hielt ich ihm vor. „Außerdem, du kannst doch nicht jedes Mal einfach den Kopf in den Sand stecken, wenn es schwierig wird!"

„Papa, bitte bleib hier!", flehte Corinna ihren Vater an. „Rede doch mit ihr, dann wird bestimmt wieder alles gut!"

„Es tut mir leid, aber ich kann nicht anders!" Damit streifte er sich seine Lederjacke über und ließ uns ratlos zurück.

Corinna weinte, sah ihren größten Wunsch im Nichts versinken.

Elvira nahm das Mädchen in den Arm, versuchte es zu trösten.

„Das ist ja wohl das Letzte!", empörte sich

Marlene. „Wie können sich erwachsene Leute so verhalten?" Meinte sie jetzt Harry oder Esther? Oder beide? Was sollte ich darauf antworten?

Corinna ließ sich nur schwer beruhigen. Sie erlebte seit geraumer Zeit aber auch wirklich genug! Wie sollte sie sich auf die veränderte Situation in ihrem Elternhaus einstellen, wenn nicht mal Vater und Mutter dazu in der Lage waren?

Draußen hupte es. Elvira warf einen neugierigen Blick aus dem Fenster. „Ah, Madame rollt an!"

Kaum ausgesprochen, klingelte es an der Haustür.

***

Esther grüßte mit einem erwartungsvollen „Hallöchen! Frohe Weihnachten euch allen!" und ließ ihre Augen umherschweifen. Aber sie schienen nicht zu finden, was sie suchten.

„Frohe Weihnachten …", grüßte Elvira schnippisch und mit bedeutungsvoller Pause zurück, „hätten wir gerne gehabt!"

Esther überhörte das einfach. Stattdessen fragte sie: „Wo ist denn Harry?"

„Weg!", erklärte Jochen knapp.

Esther wechselte – wie so oft in letzter Zeit – die Gesichtsfarbe. Ihre mühsam aufgelegte Heiterkeit verflüchtigte sich zusehends.

„Komm Schwesterlein, trink dir einen Schnaps, der wird dir guttun!" Jochen drückte sie einfach in den Sessel und reichte ihr ein Glas.

Esther verzog eine Miene. „Wenn das so weitergeht, werde ich noch zum Alki!", wehrte sie ab.

Jochen war gerade im Begriff, das Gereichte selbst zu trinken, als sie ihm mit einem: „Ach, gib schon her!" den Schnaps wieder abnahm, um ihn in einem Zug runterzukippen.

„Wie konnte ich nur glauben, dass Harry …" Es folgte eine Litanei Beschwerden über den geflüchteten Ehemann. Esther vergaß, dass sich noch andere im Raum befanden; sie versuchte, mit der vermeintlichen Blamage fertig zu werden. „Jetzt steh' ich ganz schön blöd da!"

Marlenes genervter Blick wanderte zu unserer großen Standuhr – einem Erbstück meiner Oma –, was in Worte übersetzt hieß: „Jochen, bring mich bitte nach Hause!"

Da er ihr dies schon vorab versprochen hatte, bekam er nun die vorteilhafte Gelegenheit, dem Problemkreis den Rücken zu kehren.

„Viel Spaß noch! Bis gleich!", flüsterte er mir ins Ohr.

Was hatte ich mir da nur wieder für einen Mist aufgehalst? Keiner verspürte heute Lust, irgendwelche Seelenqualen auszudiskutieren – und am allerwenigsten die von Esther. Irgendwann musste es doch auch mal genug sein! Hätte ich geahnt, dass Harry Fersengeld gab – ich hätte sie nicht gebeten, herzukommen.

Esthers Selbstmitleid nahm immer größere Formen an. „Er muss ja eine Menge Gefühl für mich haben, wenn er einfach abhaut!", hielt sie sich dran, nicht ohne begleitenden Tränenfluss.

Elvira platzte der Kragen. „Hör auf!"

Esther schaute sie verdattert an, so böse kannte sie Elvira gar nicht. Sie vergaß sogar zu schluchzen.

„Aber es ist doch so!", verteidigte sie sich. „Oder habt ihr den Eindruck, dass Harry um mich kämpft? Da hätte ich auch Carlos mitbringen können!"

Elvira schoss mit einem Ruck von ihrem Platz hoch. „Ich denke, der ist gar nicht da!? Und außerdem … hier kann es keiner mehr hören!" Ihre Geduld war am Ende. „Lass uns endlich mit deinem Scheiß in Ruhe!"

„Wie bitte?" Jetzt baute sich Esther kampfeslustig vor ihr auf. „Was geht dich das überhaupt an?"

Für einen Moment blieb Elvira die Spucke weg. Aber dann legte sie los: „Was *mich* das angeht?" Ihre Stimme schwang gefährlich an, ein untrügliches Zeichen von Aggression. „Smittchen und ich sind hier, um einen schönen und besinnlichen Heiligabend zu verleben. Wir haben nämlich Weihnachten, falls du das vergessen haben solltest! Aber *du* kannst einem wirklich *alles* versauen! Wie man sieht … Marlene hast du schon vergrault!"

Das saß.

„Bitte hört auf zu streiten!", wagte Smittchen, der sich bisher wie immer bedeckt im Hintergrund hielt, einen Einwand. Er mochte es gar nicht, wenn Frauen sich in die Haare kriegten.

Bevor die Situation eskalierte, ging ich dazwischen: „Es reicht jetzt wirklich!" Meine Stimme duldete keinen Widerspruch. „Elvira, du hast recht mit allem, was du anbringst!"

Es war klar, dass ich schon längst hätte auf den Tisch hauen müssen, weil alles auf unserem Buckel und noch dazu in unserem Wohnzimmer ausgetragen wurde. Dann sah ich Esther fest in die Augen und versuchte ihr freundlich, aber bestimmt rüberzubringen: „Es reicht wirklich! Entweder du besinnst dich jetzt und bleibst friedlich oder ...", es tat weh, das sagen zu müssen, „du gehst wieder! So hatte auch ich mir das nicht vorgestellt."

Esther starrte mich an, als sei ich von einem anderen Planeten und schnappte hörbar nach Luft. Dann nuschelte sie etwas, das sich anhörte wie: „Ist ja hochinteressant!", und gebot daraufhin – ohne ein weiteres Wort an uns – der heulenden Corinna, ihren Anorak anzuziehen, um mit ihr im Schlepptau wutentbrannt die Haustür von außen zuzuknallen.

Als Jochen zurückkam, wunderte er sich über die herrschende Stimmung und die fehlenden Personen.

Elvira, die mir ansah, dass ich nicht in der Lage war, das Geschehen wiederzugeben, übernahm die Erklärung.

Jochen wurde bei dem Gehörten zornesrot und schimpfte: „Die gleicht immer mehr unserer Mutter. Ach, soll sie doch bleiben, wo der Pfeffer wächst!"

Das half mir auch nicht weiter. Ich fühlte mich richtiggehend mies, für mich war nicht nur Weihnachten gelaufen, sondern auch endgültig die Freundschaft zu Esther.

***

Unsere Frauenabende fanden weiterhin – von nun an ohne Esther – mit schöner Regelmäßigkeit statt.

Elvira hatte Heidrun bereits alles haarklein erzählt – besser gesagt, sie zog über Esther her –, daher mieden die beiden ihren Namen auffällig. Wenn er dann aber doch mal entfleuchte, nur im Schwall unanständiger Begleitworte. Ihnen jedenfalls Esther in keiner Weise.

Wenigstens Trixi verhielt sich neutral. Aber bei ihr gehörte Chaos ja auch zur Tagesordnung.

Mir dagegen fehlte Esther schon. Oft dachte ich an die gemeinsame Zeit und an den Spaß, den wir früher miteinander gehabt hatten.

Seit dem Disput zu Weihnachten war der Kontakt komplett abgebrochen, selbst auf der familiären Ebene. Corinna kam nun alleine zu uns oder mit ihrem Vater. Von Esther kam gar nichts mehr.

Jochen und ich erwarteten, dass ihr klar wurde: Sie selbst vergraulte sich mit ihrem permanent ambivalenten Verhalten sämtliche Sympathien.

Wie es aussah, zog sich ihre Erkenntnis bis zum Sankt-Nimmerleins-Tag hin, die Funkstille blieb.

7

Alles Gute zum Dreißigsten

Sechs Monate waren inzwischen vergangen. In unserer Gruppe hatte sich einiges an Zuwachs getan. Nach längerem Zureden war es mir sogar gelungen, Ellen zur Teilnahme zu bewegen. Denn obwohl ich mich sonst wirklich super mit ihr verstand, gehörte sie leider zu den Frauen, die sich schwer damit taten, ihren Ehemann mal allein zu Hause rumwursteln zu lassen, um selbst auf die *Piste* zu gehen. Erschwerend kam hinzu, dass Burkhard Wagner derlei Eigenständigkeit seiner Frau keineswegs schätzte. Er fand es selbstverständlich, dass sie sich nur um ihn – und allerhöchstens noch Mascha – kümmerte. Wenn sie schon ausgehen wollte, bitteschön nur in seiner Begleitung.

Burkhard selbst dagegen kannte keine Bedenken. Wenn er wegwollte, dann ging er, egal, ob es Ellen gefiel oder nicht. In meinen Augen spielte er sich sowieso als absoluter Macho auf. Zwar bekam ich ihn gar nicht allzu oft zu Gesicht, aber von den wenigen Malen: Für mich hatte der Mann nicht alle *Flusen auf der Rolle*.

Nur gut für Ellen, dass sie nach Neukirchen-Vluyn gezogen war. Sonst hätte sie mich und die anderen nie kennengelernt und wäre in ihrer alten Duisburger Wohnung wahrscheinlich irgendwann einsam und ohne Kontakt zur Außenwelt verschimmelt.

Ellens Schwester hingegen, die übrigens die gleiche Meinung über ihren Schwager hegte, bildete das genaue Gegenteil. Xenia ließ sich von niemandem etwas vorschreiben. Die machte, wozu sie Lust verspürte. Aber sie teilte die Wohnung ja auch nicht mit einem überkandidelten Ehemann, sondern nur mit Mirko, ihrem siebenjährigen Sohn.

Xenia zählte zu dem Schlag Mensch, dessen Leben bisher nicht unbedingt in einfachen Bahnen verlaufen war. Trotz allem hatte sie aber ihren Sinn für Humor behalten und besaß zudem ein dermaßen ansteckendes Lachen, dass es einem die *Schuhe auszog*. Dieses Lachen bereicherte unsere Treffen ungemein. Xenia brachte frischen Wind in die Runde und unterhielt mit ihrer nicht gerade leisen Stimme gleich sämtliche Leute um uns herum mit.

Eines Tages rutschte es aus ihr heraus: „Mensch Jule, nächsten Monat ist ja schon dein großer Tag, was!"

Mein wunder Punkt. Nie hätte ich für möglich gehalten, dass der Dreißigste so einen Aufruhr in mir entfachen könnte. War es nur Einbildung, oder fühlte ich mich in letzter Zeit wirklich diesbezüglich deprimiert? Ganz genau wusste ich das Gefühl nicht zu orten, aber es machte mir zu schaffen. Zählte man als Kind noch die Tage und Nächte bis zum Geburtstag, so wünschte ich mir heute, der Kalender würde das Datum überspringen.

„Lassen wir das lieber!", winkte ich schnell ab.

Xenia lachte. „Sag mal, kann es sein, dass du Angst vor dem Alter hast?", neckte sie mich und die anderen grinsten wissend. Dabei war ich noch die

Jüngste in diesem altehrwürdigen Kreis.

Wenn die wüssten, dass ich mich manchmal wie meine eigene Großmutter fühlte. Was war nur los mit mir? Sicherlich ging es unzählig anderen ebenso, nur die wenigsten verloren ein Wort darüber.

Xenia zog mich auf: „Hey, lach mal! Sieh *mich* an, ich gehöre bald zu den *Komposties*." Damit meinte sie die Vierzigjährigen. Wie beruhigend, dass vor mir erst noch das zehnjährige *Gruftitum* lag.

Irgendwie war es komisch: Mal überflog mich der Frust aus heiterem Himmel, dann wieder verspürte ich Tatendrang zu Dingen, mit denen ich bisher so gut wie nichts im Sinn gehabt hatte.

Zum Beispiel liebte ich von jeher frische und leuchtende Farben, jetzt plötzlich befand ich es für Zeit, dass sie auch mal an unsere Wände kamen. Nach und nach nahm ich mir das Haus vor und renovierte in Wisch- und Tupftechnik Raum für Raum.

Die Küche hatte es besonders nötig. Hier wählte ich einen glänzenden Gelbton und rieb anschließend mit einem Schwamm terrakottafarbige Lasur darüber. Zufrieden betrachtete ich mein vollbrachtes Werk, fand den Kontrast der Farben mit den schwarzen Seitenwänden der Schränke durchaus gelungen. Gespannt wartete ich auf Jochens Urteil. Als der Ärmste dann am Abend nach Hause kam und durch die Küchentür trat, um sich aus dem Kühlschrank eine Flasche Bier zu holen, kippte er vor Schreck beinahe rücklings aus den Pantinen. Statt einem anerkennenden Pfiff durch die Zähne, mit dem er in der Regel gut geleistete Dinge honorierte, meckerte er: „Kannst du dich nicht lieber bei *ALDI* an die Kasse setzen?"

Das war mal wieder typisch! Bloß keine Veränderungen! Na, nun würde er sich eben an den Anblick gewöhnen müssen.

Also sah ich von weiteren Verschönerungsarbeiten ab und dafür dem Grauen ins Auge, setzte mich an den Laptop und entwarf endlich die längst fälligen Einladungen. Dazu fertigte ich eine Liste mit Personen und erschrak, als in Nullkommanichts rund fünfzig Namen auf dem Monitor flimmerten. Wo sollte ich diese Massen unterbringen? So groß war unser Garten nun auch wieder nicht. Andererseits: Man wurde schließlich nur einmal dreißig.

Meine eigene Verwandtschaft, oder besser gesagt, der Teil, den ich kontaktierte, lebte in verschiedenen Essener Stadtteilen. Da man sich zwangsläufig nicht so häufig sah: Was lag näher, als alle einzuladen. Zudem war es ein *Abwasch* und wurde bestimmt lustig, wenn sich drei Generationen an den Bierzeltgarnituren verteilten, die wir in dem geräumigen Gartenhaus, das sich in der hintersten Ecke unseres Anwesens befand, horteten.

Der Computer half mir bei meinen Überlegungen, in welcher Form ich die Bänke und Tische am besten stellte, damit erstens Platz zum Tanzen war und zweitens die richtigen Leute zusammensaßen.

Welche Musik kam in Frage? Es war klar, dass Oma keinen Bock auf Rock hatte, sondern lieber Evergreens aus ziemlich alten Zeiten hörte. Doch ob die Jüngeren – ich inklusive – da so erbaut von sein würden, war fraglich. Also: Die Mischung musste einfach stimmen.

Ich plante und plante, vergaß darüber sogar meine

deprimierte Phase, und am Ende kam doch wieder alles ganz anders. Das einzige nämlich, was nach meiner Planung lief, war das kalte Buffet, das ich bei einer der hiesigen Metzgereien in Auftrag gegeben hatte.

Dann rief meine Tante an. „Hör mal, Julianchen", von klein auf hatte ich die Verniedlichung meines Vornamens bei ihr weg, „ich wollte dir nur Bescheid sagen, dass Jochen nicht extra nach Borbeck kommen und uns abholen muss!"

Das überraschte mich, denn Tantchen saß trotz Führerschein seit Urzeiten stets nur auf dem Beifahrersitz. Ihre Cousine Alice war da keinen Schritt voraus. Und mit den seelenlosen Fahrkarten-Automaten der öffentlichen Verkehrsmittel hatten die beiden es ebenso wenig.

„Wie kommt ihr dann hierher?", fragte ich.

Die Antwort ließ einen geheimnisvollen Moment auf sich warten.

„Mit Rüdiger! Ich hoffe, du hast nichts dagegen?"

Na, die Überraschung war ihr jetzt aber gelungen! Seit sechs oder sieben Jahren – so genau wusste ich es gar nicht mehr – hatte ich meinen Cousin nicht mehr gesehen. Sicherlich auch dadurch bedingt, dass ich in der gesamten Familie die Stellung des Nesthäkchens bewahrte und die Altersunterschiede dementsprechend ausfielen. Rüdiger war elf Jahre älter als ich. Doch nun freute ich mich sehr auf ein Wiedersehen.

„*Ich* was dagegen haben? Quatsch! Bringe ihn ruhig mit, Maren ist selbstverständlich ebenso herzlich willkommen!"

„Oh!" Tante Amanda räusperte sich. „Habe ich dir

das noch gar nicht erzählt?"

„Was?"

„Die beiden sind auseinander!"

Ich war echt geschockt. „Seit wann *das* denn?"

„Seit vier Monaten. Die Scheidung läuft." Tante Amandas Stimme klang nun ein bisschen traurig, auch wenn sie, wie sie nun preisgab, längst damit gerechnet hatte. Ihrer Ansicht nach passten Rüdiger und Maren nie zusammen. Allerdings galt ihr Mitleid mehr dem Sohn.

„Wann seid ihr dann hier?", lenkte ich sie schnell ab.

„Ich schätze, am späten Nachmittag, so gegen fünf, halb sechs", spekulierte sie. „Rüdiger arbeitet bis drei in seiner Druckerei, dann nach Hause, umziehen, zu mir, anschließend Alice abholen … ja, das wird zeitlich hinkommen."

„Na, dann bis Samstag! Schön, dass ihr alle kommt! Würde ich achtundzwanzig oder so, gäbt ihr mir die Ehre wahrscheinlich nicht."

„Nanu, Julianchen, höre ich da etwa heraus, dass du mit deinem Alter haderst?" Tante Amanda lachte gönnerhaft. „Du wirst erst dreißig, sei froh! Ich werde nächstes Jahr siebzig!"

„Danke, das baut mich auf! Tschüss, Tantchen!"

Beendet war das Telefonat, welches Folgen haben sollte, die jetzt noch kein Mensch ahnen konnte …

***

Zwischen Rechnungen, Umbuchungsbescheiden vom Finanzamt, Reklame und Hundesteuer-Anmahnung *(Wer kann mir mal erklären, warum ich im Jahr etliche Euro Hundesteuer zahlen musste, wenn ich ständig gezwungen war, beim Gassi gehen Schaufel und Tütchen zu benutzen?)* steckte ein auffallend großes Kuvert. Auf der Vorderseite prangte in großer Schrift mein Name und ich starrte auf die mir wohlbekannte Handschrift.

Der Inhalt entpuppte sich als Glückwunschkarte der humorvollen Art in Riesenausgabe. Ich glaubte es nicht: Esther gratulierte mir zum Geburtstag, wenn auch ein paar Tage zu früh. Etwas in mir machte einen Freudensatz und gleichzeitig überlegte ich, wie nun zu reagieren sei. Im ersten Impuls wollte ich zum Telefon greifen, sie anrufen. Aber dann hielt mich irgendwas davon ab. Durfte ich davon ausgehen, dass Esthers Geste der erste Schritt zur Versöhnung war? Hatte sie diese Karte bewusst vorzeitig geschickt, damit ich mit einer Einladung reagierte?

Schließlich warf ich doch noch eine für sie in den Briefkasten. Da ich informiert war, dass Carlos immer noch bei Esther wohnte – Corinna und Harry hielten uns ja auf dem Laufenden – adressierte ich als Empfängerkopf „Fam." auf den Umschlag. So konnte ich nichts falsch machen und wie sie das auffasste, lag an ihr.

Jetzt hieß es abwarten.

Schon am nächsten Nachmittag meldete Corinna sich bei mir und berichtete: „Heute morgen ist deine Post gekommen. Mama hat sich total gefreut!"

„Meinst du, sie kommt?"

„Sie wollte dich anrufen. Aber sie hatte wieder Streit mit Carlos. Keine Ahnung. Im Augenblick sind sie zu einem Versöhnungskaffee in die Stadt gegangen."

„Okay, dann weiß ich Bescheid. Sag deiner Mutter bitte nicht, dass wir gesprochen haben!"

Corinna versprach es und ich war gespannt, ob Esther mich tatsächlich anrief. Einerseits fühlte ich mich unendlich erleichtert, dass sich jetzt – so hoffte ich zumindest – wieder alles einrenkte. Andererseits nagte der Zweifel in mir. Konnte Esther es vielleicht nur nicht ertragen, nicht zu dieser Fete eingeladen worden zu sein, ihre Tochter und ihr Noch-Ehemann dagegen schon?

Nur eine Stunde später vernahm ich die immer noch vertraute Stimme: „Guten Tag, Jule, hier ist Esther!"

„Ja, guten Tag!" Ich ließ sie hören, dass ich mich freute.

„Zunächst einmal möchte ich mich ganz herzlich für deine Einladung bedanken", sie hörte sich erleichtert an, „und dir sagen, dass Corinna und ich gerne kommen."

Dass Corinna kam, wusste ich längst. Aber kein Wort von Carlos? Ich hütete mich allerdings, nachzufragen.

„Prima!" Ich strahlte sozusagen durch den Apparat.

„Wer kommt denn alles?", fragte sie neugierig und klang, als sei nie etwas gewesen. Die anfänglich vorsichtige Zurückhaltung war der alten Vertrautheit gewichen.

„Warte ab", griente ich geheimnisvoll, „du wirst schon sehen! Auf jeden Fall wird es lustig."

„Davon bin ich überzeugt. *Deine* Feiern kenne ich." Sie lachte. „Ich freue mich darauf! Kommen

Oma und Opa auch?"

„Waren die Ersten, die zugesagt haben."

„Dann werde ich mal anrufen und fragen, ob ich sie mitnehmen soll. Wäre ja Quatsch, mit zwei Wagen anzurollen. Sag, was wünscht du dir denn?"

„Nichts."

„Wie *nichts*?"

„Bringe dich mit und die beste Laune, die du haben kannst!"

„Das werde ich!", versprach sie. Doch bevor ich den Hörer auflegte: „Ach bitte, eine Frage noch ...", sie klang schüchtern in diesem Moment, „wird Harry auch da sein?"

„Leider nicht", erwiderte ich, „der ist mit seiner neuen Flamme auf großer Fahrt."

Esther schluckte hörbar. „Ja, natürlich." Es klang wie eine Entschuldigung. „Tschüssi, Jule und nochmals vielen, vielen Dank!"

***

Dann war der große Tag da und er fing schon so vielversprechend an, dass ich am liebsten im Bett geblieben wäre. Nicht, dass das Wetter mir einen Strich durch die Rechnung gemacht hätte, nein, ganz im Gegenteil. Aber wenn man morgens schon mit Kopfschmerzen aufwachte und nach dem Frühstück Magendrücken hinzukam, das war schon Scheiße.

Und dann: Stress, Stress, Stress! Noch mal Bad und WC putzen, die Terrasse abkehren, die schweren Lautsprecherboxen platzieren, damit der Laptop mit der eingespeisten Musik seinen Platz finden konnte.

Dann waren wir durchgeschwitzt. Jochen musste natürlich unbedingt noch mal duschen – obwohl ich das Bad gewischt hatte – und mir klebte das Kleid am Körper, als ich mich reckte, um die Lichterkette unterm Dach des Bierpavillons zu befestigen.

Die Uhr zeigte erst kurz vor vier, als lautes Stimmengewirr um die Hausecke drang.

„Huhuuu, Julianchen, da sind wir schon!" Ehe ich begriff, wie mir geschah, drückten sich in feines Seidenpapier gewickelte Päckchen in meine Arme. „Herzlichen Glückwunsch zum Runden und alles, alles Gute!"

Danke, Tante Amanda! Danke, Tante Alice! Danke, Rüdiger! Da war meine Verwandtschaft schon eingeflogen und ich steckte noch mitten in den Festvorbereitungen und kam nicht mal dazu, mich ein wenig frisch zu machen.

Jochen, der inzwischen fertig war, versorgte meine vorzeitigen Gäste mit kühlen Getränken, während ich mich beeilte, mit dem Schmücken fertig zu werden und gleichzeitig Konversation betrieb.

Rüdiger hatte mich wohl irgendwie anders in Erinnerung. Er hielt sich still zurück und verstrahlte den Anschein eines enttäuschten und deprimierten Ex-Ehemannes, der von seiner Frau vor vollendete Tatsachen gestellt worden war. Na, prima! Nur schade, dass Harry heute nicht hier war, die beiden hätten sich zusammentun können! Offensichtlich hing Rüdiger noch sehr an Maren.

Also: Was unternehmen, um ihn in bessere Stimmung zu versetzen? Ich ließ Jochen ein Pilsglas füllen, überreichte es dem Herrn Cousin mit dem traurigen Hundeblick und machte ihn schon mal mit

Ellen bekannt, mit der er sich – alsbald in ein Gespräch vertieft – auf der nächsten Bank niederließ. Dabei wurden sie argwöhnisch von Burkhard beobachtet, der seinerseits allerdings nicht von seinem Platz neben der Zapfanlage wich.

Es dauerte nicht lange bis zu dem sichtbaren Erfolg, dass Rüdiger sich lockerte und Burkhards Miene immer mehr verfinsterte.

Arme Ellen!, dachte ich im Stillen.

Doch die schien das gar nicht zu bemerken und unterhielt sich angeregt. Keiner bekam mit, dass Burkhard Wagner irgendwann im Laufe des Abends einfach, ohne ein Wort, verschwand. Ich sagte ja schon, der hatte sie nicht alle beieinander!

Nach und nach trudelte die ganze Gesellschaft ein. Ich wurde überhäuft mit Glückwünschen, Blumen und Geschenken. Munteres Geschwatze ging durch die Reihen. Im Gegensatz zu meinen Vorstellungen saß natürlich jetzt jeder da, wo es ihm beliebte. Von wegen die Älteren zu den Älteren, die Singles zu den Singles … Was für ein Tumult! Nur schade, dass Heidrun, Trixi und Elvira ausgerechnet jetzt in Urlaub waren. Sie fehlten hier irgendwie. Das hieß, Elvira war eigentlich weniger auf Urlaub als auf Dienstreise ihres Mannes. Smittchen wurde vor wenigen Tagen überraschend in die Firmenzentrale nach New York beordert, und das mit voraussichtlich vierwöchigem Aufenthalt. Wer von uns kam schon mal eben so nach New York? Ich gönnte es den beiden von Herzen.

„Jule, da bist du ja!" Das waren Esther und Corinna mit Oma und Opa im Schlepptau. „Nochmals ganz, ganz herzlichen Glückwunsch!"

Sie überreichten mir ein riesiges Paket.

„Von uns gemeinsam!", bekundete Opa.

„Da staunst du, was?" Oma Lieschen lächelte zufrieden und ich ahnte, sie meinte nicht nur das Geschenk. Ein leiser Verdacht keimte in mir: Sollte sie in Sachen Esther etwa nachgeholfen haben?

„Das kannst du wohl glauben!", bestätigte ich und drückte wissend ihre Hand. „Vielen Dank!"

Jochen war ebenfalls aufmerksam geworden und drückte seinen Großeltern einen flüchtigen Kuss auf die Wangen. Esther nahm er einen kurzen Moment schweigend in den Arm. Ihm ging es nicht anders als mir – er freute sich, sie wiederzusehen.

„Na, dann quetscht euch mal irgendwo dazwischen."

Rüdiger rückte ein Stück zu Ellen hinüber und schon gab die Bank einen weiteren Platz frei, den Esther jetzt einnahm.

Jochen kämpfte mit den Bierfässern, ich eröffnete das Buffet.

Während ich wie ein aufgescheuchtes Huhn durch die Gegend rannte und mich um meine Gäste kümmerte, hellte sich die Miene meines Cousins zunehmend auf. Die Wehwehchen-Geschichten seiner Mutter und Tante Alice langweilten ihn, Ellen und Esther dafür schienen ihn gut zu unterhalten.

Irgendwann zwängte ich mich dazwischen.

„Na, Cousin, amüsierst du dich?", kokettierte ich mit ihm.

Er musterte mich grinsend. Wahrscheinlich begriff er erst jetzt, dass vor ihm nicht mehr das kleine Julchen saß, sondern eine inzwischen dreißigjährige Frau, die *(wenn ich das mal so sagen durfte)* nicht gerade zur hässlichen Sorte gehörte.

„Absolut!", gab er zurück und blickte angetan zu seiner Rechten. „Es ist ein sehr schöner Abend!"

Schluck … Esther! Baggerte sie jetzt Rüdiger an? Jedenfalls nahm sie ihn auffällig mit Beschlag ein. Aber nicht allein das bereitete mir Unbehagen, sondern die Art, *wie* sie es tat. Mir kam ein gewisser Abend im *Fiddlers* wieder hoch.

Ellen beugte sich zu mir. „Weißt du, wo Xenia bleibt? Ich verstehe nicht, dass sie noch nicht hier ist!" Eben lachte Ellen noch, jetzt sah sie besorgt aus.

„Sie hat gesagt, es kann später werden", beruhigte ich sie.

Ellen schaute auf ihre Uhr. „Aber *so* spät?" Es ging auf zweiundzwanzig Uhr zu.

„Du weißt doch, dass sie mit diesem neuen Babysitter Probleme hat."

„Ich verstehe auch nicht, warum sie sich nicht längst einen anderen gesucht hat. Hoffentlich kommt sie überhaupt noch!"

Was sollte ich tun? Xenia war eingeladen und hatte ihr Kommen zugesagt. Wenn diese komische Frau Geller, die aktuell auf Mirko aufpasste, mal wieder durch Unzuverlässigkeit glänzte, konnte sie wahrscheinlich zu Hause nicht weg.

Schade. Xenia hätte Rüdiger in *andere Bahnen* gelenkt. Ihr spontanes und fröhliches Wesen wäre bei ihm mit Sicherheit gut angekommen. Nanu, was spann sich denn da wieder in meinem Kopf zusammen? Rüdiger und Xenia? Wieso eigentlich nicht? In Sekundenschnelle nistete sich der Gedanke fest.

„Jule, träumst du?", holte Ellen mich in die Gegenwart zurück.

„Einen witzigen Traum sogar, der keiner bleiben muss … Komm mal mit!"

Ellen kletterte von der Bank und folgte mir an eine Ecke, wo man sich noch ungestört unterhalten konnte.

„Was ist denn auf einmal los? Du tust so geheimnisvoll! Heckst du was aus? Du hast wieder dieses Grinsen im Gesicht!" Ellen kannte mich inzwischen viel zu gut; ihr entging nichts.

Ich klärte sie auf und erntete einen fürchterlichen Lachkrampf, der den Krach der Feier fast übertönte.

„Meine Schwester … haha … und … und … dein Cou... Cousin … haha!?" Die Heiterkeit lief ihr nur so aus den Augen. „Du kommst vielleicht auf Klopse!" Als sie sich wieder eingekriegt hatte, sann sie aber doch ernsthaft über meinen Einfall nach.

„Ich will nur hoffen, dass Xenia heute auch noch erscheint und das, wenn's geht, *bevor* Rüdiger nach Hause fährt."

„Ich ruf jetzt bei ihr an!" Ellen zog ihr Handy aus der Tasche.

Derweil setzte ich mich in Bewegung zurück zu Esther und Rüdiger.

„Na, Julianchen, ganz schön stressig, was?", feixte der, worauf ich mir wie zur Bestätigung eine nervend klebrige Haarsträhne von der Stirn pustete.

„Könntest du für eine *alte* Frau ein wenig rücken?"

„Aber sicher!" Sofort machte er Platz, allerdings an der falschen Seite.

„Sehr liebenswürdig, junger Mann!"

Esther lachte schallend und auch von Rüdigers Trübsinn war nichts mehr zu merken.

„Hätte nie gedacht, dass aus dir Familienküken mal so ein stolzer Schwan wird!", schleimte er anerkennend.

Dass Rüdiger mir mal so ein Kompliment machen würde, hätte ich mir als kleines Julianchen auch nicht träumen lassen. „Trägst aber dick auf!", flötete ich. „Bist eben unverbesserlich und außerdem … du hast mich schon früher gern geärgert."

„*So* schlimm war ich ja nun auch wieder nicht", ging Rüdiger auf meinen Ton ein und prostete mir beschwingt zu, begleitet von Esthers Kichern.

„Eigentlich würde ich gerne länger bleiben", bekundete er.

„Dann tu's doch!", forderte Esther kess. Dieser süffige Sekt hatte es echt in sich.

„Die zwei", Rüdiger deutete auf die winkenden Hände der Tanten, „wollen fahren!"

„Schade!" Esthers Enttäuschung war offenkundig.

Ellen kam zurück. „Geht keiner ans Telefon!", rief sie zu mir herüber.

Die Stimmung allseits war ausgelassen. Die bunten Lichterketten, die Windlichter, die ich auf den Tischen großzügig verteilt hatte, dazu der klare Sternenhimmel, gaben dem Geschehen einen romantischen Kick. Trotzdem kam es, wie es kommen musste und nicht, wie ich es gerne gehabt hätte. Rüdiger verabschiedete sich, wenn auch ungern, versicherte aber, in Kürze von sich hören zu lassen.

Tschüss, Rüdiger! Tschüss, Tante Amanda! Tschüss, Tante Alice!

8

Verkuppeln will gelernt sein

Der Biergarten im Krefelder Stadtwald war hoffnungslos überfüllt. Kein Wunder bei dem Wetter. Die Sonne strahlte seit Wochen ohne Unterbrechung bis in die Abendstunden und das Thermometer zeigte unentwegt hohe Gradzahlen auf der Skala.

Irgendwo, mittendrin in der Menschentraube saßen Ellen und ich, und beratschlagten.

„Hm", machte Ellen. „Da ist guter Rat teuer. Vielleicht sollten wir warten, bis sich dein Cousin meldet?"

„Fragt sich nur, bei *wem* der sich meldet!", seufzte ich.

„Du spielst auf Esther an?" Ellen konnte sich einen Lacher nicht verkneifen. „Tja, das kommt davon …"

„Was kommt *wovon*?"

„Jule, Jule, du weißt genau, was ich meine", konterte Ellen vergnügt. „Aber man kann eben nicht Schicksal spielen."

„Schade eigentlich." Seufz.

„Was macht Rüdiger eigentlich beruflich?", erkundigte Ellen sich dann aber äußerst interessiert.

„Willst du wissen, ob er deine Schwester und deinen Neffen ernähren kann?", foppte ich sie.

„Quatsch!"

Irgendwo hatte ich doch seine Visitenkarte. Ich kramte in meiner Handtasche. Wo war sie denn bloß? „Meine Güte, ich brauch einen Kompass bei dem ganzen Zeug hier drin."

Ellen wartete geduldig lächelnd, bis ich den kompletten Inhalt auf der Tischplatte verteilt hatte.

„Ah, da ist sie ja!" Erfreut über den Fund wedelte ich mit dem DIN A6 -Kärtchen vor ihrer Nase herum.

HASSLER
Reproduktionen
Rüdiger Hassler, Dipl.-Ing. Druckereitechnik
Kettwiger Str. ..., 45... Essen

„Sogar Diplom-Ingenieur, alle Achtung!" Ellen war beeindruckt.

„Na, habe ich da das Richtige ausgesucht?"

Ellen sah mich einen Moment ernst an, dann bog sie sich vor Heiterkeit. „Doch, ja! Aber wie sollen sie sich kennenlernen? Hast du da nun eine Idee?"

„Zufällig muss es sein, das ist klar. Wie? Gute Frage."

„Rüdiger wollte anrufen?"

„Ja. Aber zum Abwarten bin ich nicht geschaffen." Ich nahm einen kräftigen Schluck vom kühlen Alster. „Mir wird schon noch was einfallen." Kaum ausgesprochen, durchfuhr mich der Geistesblitz: „Disco!"

„Discoooo?", echote Ellen gedehnt. „Da kann sich doch kein Mensch unterhalten. Und außerdem, in unserem Alter …"

„Na, hör mal!", spielte ich die Entrüstete. „Zum alten Eisen gehören wir ja wohl noch nicht."

Drei Herren am Nebentisch, sie mochten so um die Vierzig sein, hielten ihre Ohren auffallend in unsere Richtung und tuschelten einander zu. Dabei grinsten sie sich gegenseitig breit an.

„Was meinen *Sie* denn dazu?", wandte ich mich mutig an den, dessen Blicke Ellens Dekolleté auffraßen. Er war so perplex, dass ihm vor Schreck das Glas aus der Hand fiel.

Ich winkte dem Studenten im weißen T-Shirt, der *„im Auftrag des Herrn L.“* den Biergarten säuberte – indem er Flaschen und Essensreste einsammelte – und bat ihn um einen Lappen. „Der junge Mann dort", verwies ich zum Nachbartisch, „hat sich nass gemacht."

Schadenfroh beäugten Ellen und ich die Mühen des männlichen Geschlechtes, die Hosen allseits vor weiterem Unheil zu schützen, während der Gerstensaft von der Tischkante tropfte.

Dann wandten wir uns ab und wieder unserem ursprünglichen Thema zu. „Wie wäre es denn mit Jochens Geburtstagsfeier?", schlug Ellen vor.

„Die ist doch erst im Dezember."

„Na und?"

„Wir haben Juli, Ellen, ich bitte dich … das ist mir zu lange bis dahin." So ein Käse! Wäre Xenia doch bloß gekommen.

Inzwischen kannten wir den Grund für ihr Nichterscheinen. In der Tat hatte Frau Geller sie wieder versetzt. Xenia konnte uns telefonisch nicht erreichen, weil Mirkos Kaninchen beim Freilauf in der Wohnung unbemerkt das Kabel angeknabbert hatte und ein Handy besaß sie nicht, weil sie die Dinger genauso hasste wie ich. Zugegeben, für Notfälle und Situationen wie diese waren sie Gold wert, aber in der Regel wurden sie doch wohl eher im Supermarkt zwischen den Regalreihen benutzt *(weil nur die Ehefrau zu Hause dem Ehemann nach Büroschluss beschreiben konnte, ob die Milch unten links oder oben rechts im Regal stand)* oder hier im Stadtwald-Biergarten, damit man seine Leute schneller fand.

„Ellen, darf ich dich mal was fragen?"

„Natürlich."

„Sollte ich jetzt zu indiskret sein, sag es mir ruhig."

„Du machst es aber spannend. Schieß los!"

Ich zögerte, denn ich griff ein Thema an, das zu den intimen Familiengeheimnissen gehörte. „Warum ist Xenia ledig?" Meine Güte, klang das blöd. „Ich meine … was ist mit Mirkos Vater?"

Sorgfältig beobachtete ich Ellens Mienenspiel. War ich jetzt in den Fettnapf getreten?

Ihre Züge nahmen einen nachdenklichen Ausdruck an. „Du, ich habe selbst keine Ahnung!"

Verblüfft sah ich sie an.

Ellen fuhr fort: „Xenia hat sich schon vor Mirkos Geburt von dem Mann getrennt. Sie lebte damals für ein Jahr in Frankfurt, verkehrte in irgendwelchen Musikerkreisen und lernte dadurch Mirkos Vater kennen. Das ist alles, was ich weiß." Sie überlegte und verbesserte sich: „Oder besser gesagt, das ist das, was sie mir und unseren Eltern aufgetischt hat. Ich bin mir bis heute nicht sicher, ob das der vollen Wahrheit entspricht." Ellen hielt einen Moment inne. „Es ist schon mehr als merkwürdig. Keiner unserer Familie hat ihn je zu Gesicht bekommen. Nicht mal sein Name ist uns bekannt, den gibt Xenia nicht preis. Selbst heute, nach fast acht Jahren …"

Xenias Gesicht erschien vor meinem geistigen Auge. Wenn man genau hinsah, erkannte man den schmerzlichen Zug um ihre Mundwinkel. Zwar mimte sie die Frohnatur, aber das täuschte nicht darüber hinweg, dass sie einiges durchgemacht haben musste. Die dunklen Schatten unter ihren Augen, der traurige Blick, wenn sie sich unbeobachtet wähnte …

„Und der Unterhaltsanspruch?"

Ellen zuckte die Schultern. „Sie bekommt nichts, hat freiwillig verzichtet."

Das wollte mir nicht in den Kopf. Aber eigentlich ging es mich ja auch nichts an. Trotzdem tat Xenia mir leid, auch wenn sie alles noch so vorbildlich meisterte.

„Sie braucht einen netten Mann und Vater für Mirko", behauptete ich.

Ellen schien nicht so überzeugt davon. „Ich habe das schon versucht …", sie winkte ab, „meine Schwester ist ein schwieriger Fall. Sie lässt keinen wirklich an sich heran."

Nun, das würde sich dann zeigen …

***

Oh Schreck, lass nach! Elviras Augen weiteten sich, als sie am Freitagabend zu mir kam, um mich abzuholen. In meinem Wohnzimmer fand sie nämlich Esther vor, die beschlossen hatte, sich

116

unserem Mädelstrupp wieder anzuschließen.

„Du kommst mit?", fragte sie nicht gerade begeistert. Seit den Vorkommnissen mit Carlos klaffte zwischen den beiden Frauen eine schier unüberwindbare Kluft.

„Wenn du nichts dagegen hast", entgegnete Esther freundlich, aber reserviert, spürte sie doch Elviras Ablehnung.

„Warum sollte ich?", wies Elvira spitz von sich.

„Fängt das schon wieder an?" Ich hatte keine Lust, mir den Abend verderben zu lassen, bevor er überhaupt anfing. „Soll ich eine Schere holen?"

„Wofür?" Verständnislos schauten beide mich an.

„Um die dicke Luft zwischen euch durch-zuschneiden."

Ihre Mimik ließ erkennen, was sie dachten. Ich beschloss, drüber wegzusehen.

„Was meint ihr, wo gehen wir heute essen?" Mit den anderen, die – außer Ellen – ebenfalls nichts von Esthers Erscheinen ahnten, hatte ich nur vereinbart, uns um acht bei *McDonalds* auf dem Parkplatz zu treffen, um dann dort gemeinsam unser heutiges Ziel auszusuchen. Jetzt wurden Elvira und Esther also genötigt, gemeinsam Überlegungen anzustrengen, was ich auch noch insoweit unterstrich, in dem ich mich flink nach oben ins Badezimmer begab, um Make-up aufzutragen. Mit einem Ohr lauschte ich die Treppe runter. Bei einer Unterhaltung hätte ich ihre Stimmen gehört, doch es blieb still zwischen ihnen wie unter Fremden.

„Ja, was ist *das* denn?", polterte plötzlich das laute und überraschte Organ Jochens, der gerade nach Hause kam, durch die Etagen. „Gehst du wieder mit zu den *Tupper*partys?"

Unverkennbar: Er hatte seine Schwester entdeckt!

„Du glaubst auch, wenn Frauen miteinander ausgehen, kann es nur zum *Tuppern* sein, wie?" Esther lachte ironisch.

„Gibt es denn sonst was zu feiern?", zog er sie auf. „Haha."

Ich machte, dass ich wieder nach unten kam. „Ihr könnt es nicht lassen, was?" Im Geiste sah ich wieder eine beleidigte Esther. „Wie Katz und Maus!"

„Können wir jetzt gehen?", schaltete Elvira sich ungeduldig ein.

„Wir können auch *fahren* und …", entgegnete Esther bissig, „wenn's denn genehm ist, sogar mit *mir*! Mein Wagen steht direkt vor der Tür. Ihr könnt dann auch was trinken."

Ich nahm das Angebot gerne an, schließlich machte ich oft genug den Fahrdienst.

„*Dein* Wagen?" Jochen wollte es nicht ganz glauben. „Oder der von deinem Carlos?"

„Bitte nicht schon wieder!" Ich stieß den Bruder meiner Schwägerin leicht, aber warnend in die Seite, gab ihm im gleichen Atemzug einen Kuss auf die Wange und machte dann, dass ich mit Esther und Elvira aus dem Haus kam.

Irrte ich oder grinste Elvira?

Der rote *Civic* parkte tatsächlich genau vor unserer Einfahrt. Wie immer erklomm Elvira sofort und als Erste den Beifahrersitz. Auf die Idee, dass sich da vielleicht auch mal jemand anders hinsetzen wollte, kam sie gar nicht. Mir blieb also nur die Rückbank. Doch in dem Moment, als ich den Wagen bestieg, wollte ich sofort auf der anderen Seite wieder raus. Hier drin stank es fürchterlich, und zwar nach Sch…!

„Was hast du?" Elvira konnte sich mein lautes „Iiihhh!" und meine rümpfende Nase nicht erklären. Ja, roch sie denn nichts? Nein, tat sie nicht. Im Gegenteil, sie bezog mein Gebaren auf sich: „Okay, ich gebe zu, ich habe einen *abgelassen*, aber *so* schlimm, wie du es vorführst, ist es ja wohl nun auch wieder nicht!"

„Tut mir leid, Mädels, hatte ich vergessen zu erwähnen, weil ich seit Tagen damit durch die Gegend fahre und mich schon dran gewöhnt hab."

„Äh!", machte ich.

„Das ist von Lilos Köter. Den habe ich mit ihr zum Tierarzt gebracht, weil er …"

„Dünnschiss hatte?", argwöhnte ich und ließ mit zugehaltener Nase die Seitenscheiben runter.

„Ist nicht mehr so schlimm wie am Anfang", meinte Esther allen Ernstes. „Der Geruch ist bereits weitgehend entfleucht."

Das hielt ich für ein Gerücht.

„Aber vielleicht war es auch ein Fehler, das Tier auf den Beifahrersitz zu lassen. Manche …"

„Soll das heißen, ich sitze …?" Elvira lief krebsrot an.

Hatte sie bisher nicht mit Esther kommuniziert, so schlug dies augenblicklich ins Gegenteil um.

„Alles ausgewaschen!", versicherte Esther mit Unschuldsmiene.

Elvira schnüffelte und rief entrüstet: „Ich rieche überhaupt nichts, ihr wollt mich doch verkohlen!"

„War nicht meine Absicht!" Esther grinste.

Schadenfroh, wie ich fand.

Elvira schäumte. Sie rang mit sich zwischen Aussteigen und Sitzenbleiben. Auf keinen Fall wollte sie Esther das Gefühl der Genugtuung verschaffen und entschied sich wohl oder übel für letzteres. Ganz offensichtlich roch sie wirklich nichts. Jedenfalls nichts, was meine, für sie mit Sicherheit übertriebene, Reaktion rechtfertigen würde. Wahrscheinlich, weil Elvira seit Tagen mit einer ordentlichen Erkältung kämpfte, die ihren Geruchsinn lahmlegte.

Jedenfalls saß Elvira jetzt da, wo sie saß. Die Flecken waren entfernt, nur der Gestank noch nicht so ganz. Mit dem Fahrtwind durch die offenen Fenster ließ es sich aber aushalten.

Heidrun schaute nicht ganz so grimmig wie Elvira, aber auch ihr sah man an, dass sie von Esthers unerwartetem Erscheinen nicht sonderlich erbaut war. Elvira hatte ihr zuviel erzählt. Höflich, aber ohne jede Spur der alten Herzlichkeit, brachte sie nur ein knappes: „Hallo, wie geht's!" heraus.

Ohne eine Antwort abzuwarten, wandte Heidrun sich sofort mir zu: „Du bist blass, ist dir nicht gut?"

„Alles in Ordnung", versicherte ich.

In diesem Moment rollten auch Ellen und Xenia an.

„Weiß jemand, was mit Trixi ist?", fragte ich.

„Die kommt später", erklärte Heidrun. „Sie ruft nachher auf Handy an und wir sagen ihr dann, wo wir sind."

„Bestimmt ist sie gerade wieder bei einem dieser *Sahnetypen*", mutmaßte ich und merkte, dass die anderen dasselbe dachten.

„Wo fahren wir nun hin?", fragte Elvira in immer noch angesäuertem Tonfall.

Die Allgemeinheit sprach sich für den Duisburger Innenhafen aus. Da es Quatsch gewesen wäre, die zehn Minuten bis dorthin mit drei Autos in einer Kolonne über die Autobahn zu kriechen, einigten wir uns darauf, dass Xenia fuhr, Ellen und Esther mitnahm und ich stieg mit Elvira bei Heidrun ein.

Unterwegs klärte Elvira Heidrun im Detail darüber auf, dass meine eben bemerkte Blässe nichts mit dem Versagen meiner Schminke zu tun hatte.

Jetzt verzog auch Heidrun angeekelt das Gesicht.

„Na, kommt, so schlimm war es nun auch wieder nicht!", schwächte ich Elviras Bericht ab.

***

Im Innenhafen herrschte pralles Leben. Kleine Boote schaukelten über den Kanal, die Biergärten waren voller Menschen und bunte Lichter glitzerten bizarr auf der Wasseroberfläche.

„Ist es nicht faszinierend, was die hier aus den alten Fabrik- und Lagerhallen gemacht haben?", schwärmte Ellen. Der Gang ums Karree ließ deutlich werden, was sie meinte.

Wir aßen köstliche Leckereien im *Bodega*, genossen herrlich kühle Alster im schwimmenden Biergarten von *Diebels* und waren einfach nur guter Dinge. Der laue Sommerabend und die mitreißende Atmosphäre lockerten selbst die Stimmung zwischen Esther, Elvira und Heidrun.

„Hat Rüdiger sich eigentlich schon bei dir gemeldet?", nahm Esther mich irgendwann flüsternd zur Seite.

Augenblicklich gefroren meine Züge zu Eis. „Warum?"

„Habe ich jetzt irgendwie ins Fettnäpfchen getreten?" Esther hatte also meinen warnenden Unterton verstanden. „Was hast du denn auf einmal?"

Ja, was hatte ich wohl? Meine feine Antenne für Katastrophen zeigte höchste Alarmstufe.

„Du hast ihm doch deine Nummer gegeben!" Meinen Sarkasmus konnte sie kaum überhören.

Die Köpfe der anderen rollten herum. Was vernahm man da?

Rein zufällig natürlich wollte Heidrun wissen: „Was macht eigentlich dein Carlos? Den sieht man ja gar nicht mehr!"

Esthers Augen blitzten. Sie durchschaute Heidrun. „Danke der Nachfrage!", flötete sie giftig. „Ich soll euch übrigens ganz liebe Grüße bestellen!"

„Tatsächlich?", spöttelte Heidrun, und Elviras leicht abzulesende Gedanken brachte man besser erst gar nicht zu Papier.

„Geht das schon wieder los?", tadelte Ellen. „Ihr benehmt euch wie im Kindergarten!"

Sie hatte recht! Und das war eigentlich meine Schuld. Wenn ich nicht gleich so blöd reagiert hätte! Ich entschuldigte mich bei Esther.

„Schon gut", entgegnete die großmütig und ihre versteinerte Miene lockerte sich wieder.

Trotzdem blieb ein schaler Beigeschmack. Was eigentlich brachte mich so auf? Esthers Interesse an meinem Cousin, obwohl zu Hause ihr Lover saß, mit dem sie kurz zuvor noch den eigenen Ehemann in die Flucht geschlagen hatte?

Aus Heidruns Handtasche sang ein bekanntes Döner-Lied.

„Das ist Trixi!" Heidrun zog ihr Handy raus und beschrieb der Anruferin, wo wir uns befanden. Dann zu uns gewandt: „Sie ist in zwanzig Minuten hier."

Wer hätte gedacht, was in zwanzig Minuten so alles passieren konnte!

„Kinder, was haltet ihr von ein paar leckeren Cocktails?", rief Xenia. „Die beleben die Gemüter." Sie zeigte zur *Küppersmühle*. „Da drüben gibt's bestimmt auch welche ohne Alkohol!"

Gute Idee! Das herrlich süße Gesöff vertrieb garantiert die bösen Geister. Also nichts wie hin.

„Bin mal für kleine Mädchen", sagte Esther und verschwand in der Menschenmenge.

„Ich habe das Gefühl, die ist eingeschnappt!", grummelte Elvira.

„Komm, lass gut sein! Ich war gerade einfach nur tierisch sauer auf sie. Jetzt glaubt Esther, *alle* sind gegen sie."

„Und woher das kommt, fragt sie sich nicht", monierte Elvira.

„Dabei hatten wir mal so schöne Zeiten!" Heidrun schüttelte voller Unverständnis den Kopf.

Da konnte ich ihr kaum widersprechen. Das war jedoch, bevor der ganze Mist mit Carlos anfing.

„Prost!", rief Xenia unbeirrt in die Runde und nahm einen kräftigen Schluck von ihrer alkoholfreien Strawberry Colada.

Ich schlürfte genüsslich an meinem Strohhalm, als mir der Schluck im Hals stecken blieb. Da vorn auf der Promenade der Mann, das war doch … nein, das konnte nicht sein! Ich zählte still zusammen: drei Alster, zwei Glas Sekt, jetzt die Pina-Colada, extra groß und natürlich *mit* Alkohol – ergab die Summe Halluzinationen?

Aber da stieß mich Ellen an. „Jule, schau mal darüber!" Sie hatte Rüdiger also auch gesichtet. Mein Blick war somit einwandfrei.

So ungewöhnlich war das doch gar nicht. Wenn ich von Neukirchen-Vluyn bis hier zehn Minuten über die *A40* brauchte, war Rüdiger aus der entgegengesetzten Richtung auch nicht viel länger unterwegs. Er wohnte in der Nähe des *Rhein-Ruhr-Zentrums*, was höchstens fünf Minuten mehr ausmachte. Das Groteske: Erst sah man ihn jahrelang gar nicht und dann …

„Der sieht dich nicht! Ich würde schnell zu ihm laufen, bevor er wieder weg ist", riet Ellen.

„Von wem redet ihr?", wollte Xenia wissen. „Habt ihr ein bekanntes Gesicht entdeckt?"

Ich war der Auffassung, Meister Zufall konnte hier kaum ohne Grund seine Hände im Spiel haben. Ich überließ es Ellen, Xenia eine Antwort zu geben und schoss abrupt von meinem Stuhl hoch, dass er polternd umkippte. Klar, so konnte man mit Leichtigkeit anderer Leute Aufmerksamkeit auf sich ziehen. Nur bis zu Rüdiger drang der Krach nicht durch, er hatte sich bereits zu weit entfernt. So schnell ich konnte, rannte ich hinterher.

„Was hat Jule denn gestochen?", fragte Heidrun, die sich weiter mit Elvira unterhalten und nichts mitbekommen hatte.

„Ihren Cousin gesichtet."

„Rüdiger ist hier?", rief Esther, die gerade

zurückkam und Ellens Worte aufgeschnappt hatte, hocherfreut und schickte ihren suchenden Blick hinter mir her.

„Dein Getränk verdunstet!", grinste Xenia und hielt ihr ablenkend das Glas zum Anstoßen hin.

Derweil sah ich Rüdiger nur wenige Schritte vor mir um die Ecke verschwinden, die zum Parkplatz führte. Völlig außer Atem – das waren natürlich nur die vielen Getränke schuld – erreichte ich ihn im letzten Moment, bevor er das Gelände verließ. Zu schade, dass ich keine Digitalkamera dabeihatte. Das Gesicht hätten die anderen bestimmt gern gesehen.

„Julianchen?! Das gibt's ja nicht!"

Ich holte erst mal Luft. „Hab dich auch nur ganz zufällig gesehen. Willst du etwa schon wieder weg?"

„Hatte ich vor, ja. Aber da ich dich nun getroffen habe …" Er schüttelte ungläubig den Kopf. „Bist du mit Jochen hier?"

„Nein, mit meinen Mädels. Bist aber trotzdem herzlich willkommen! Magst du?"

Rüdiger überlegte einen Moment. Ob ihm das Wort Mädels Unbehagen bereitete? Aber dann lächelte er, als sei er zu allen Schandtaten bereit.

„Warum nicht!"

Beschwingt hakte ich mich bei ihm unter und wir schlenderten gemeinsam zu unserem Tisch.

„Ellen und Esther kennst du ja schon", begann ich mit der Vorstellung. Rüdiger strahlte und umarmte beide.

„Rüdiger, wie schön!" Bevor Esther dafür sorgte, dass er – im wahrsten Sinne des Wortes – an ihr hängenblieb, lotste ich ihn flink weiter.

„Das ist Xenia!" Hier ließ ich ihm natürlich viel

Zeit für Händedruck und Betrachtung. Aber tat er das auch? Für meinen Geschmack schwenkte er viel zu schnell weiter zu Heidrun und Elvira.

„Ihr seid nicht auf Jules Feier gewesen, oder?" Rüdiger versuchte, die geballte Ladung Weiblichkeit zu sortieren.

„Nein, leider nicht, wir waren beide verreist", erklärte Elvira freundlich.

Rüdiger besorgte sich an einem der Nachbartische einen Stuhl und schob diesen zwischen Ellens und meinen.

„Was trinkt ihr denn da Gutes?", fragte er über den Tisch.

„Hier, probier mal!" Sofort schob Esther ihm ihr Glas hin.

Er roch und verzog das Gesicht. „Das ist aber arg süß! Ich bleib besser beim Bier."

„Prösterchen!", rief Xenia ausgelassen und hob ihr Glas. „Auf den Zufall!"

„Bist du öfter hier?", fragte Esther Rüdiger wissbegierig.

Er lachte. „Eigentlich nicht. Meine Piste liegt sonst eher in der Essener Umgebung."

„Zählt das hier nicht mehr dazu?", ulkte Xenia.

Rüdiger zuckte nur die Schulter und ich verstand die Welt nicht mehr. Noch vor einer Stunde hätte ich Stein und Bein geschworen, Xenia und Rüdiger harmonierten schon allein wegen ihres Humors miteinander. Jetzt musste ich feststellen, dass sich dieser chemische Versuch offensichtlich als Niete entpuppte.

„Hallo, Mädels!", rief da jemand von hinten über die vorstehenden Tischgruppen hinweg. „Ich dachte schon, ich find euch hier nie im Leben!"

„Hey Trixi! Na, wo kommst du denn her?" Xenia lachte spitzbübisch.

„Wahrscheinlich aus irgendeinem Bett zwischen hier und Hochkamer", spottete Elvira. Die Ärmste war heute irgendwie total überfordert.

Trixi, die Elvira sowieso nicht für voll nahm, säuselte zurück: „Schätzchen, ich komm direkt aus *deinem*! Übrigens, ich verstehe gar nicht, was du immer hast. Smittchen kann doch!"

„Also … also …", stotterte Elvira vor Wut, „das ist doch die Höhe!"

„So, Kinder, jetzt ist es aber genug, sonst rollen gleich Köpfe!", ging Ellen bestimmend dazwischen.

Rüdiger beobachtete die Szenerie genau und nicht nur die, sondern vor allem Trixi, die ihn offenbar noch gar nicht registriert hatte. Ein Lächeln umspielte seine Mundwinkel und es schien, als warte er gespannt, was nun noch so kam.

Trixi besorgte sich einen freien Stuhl und plumpste darauf nieder. „Was trinkt ihr denn da Leckeres?", wollte sie wissen, als Xenia ein neues Glas mit diesem köstlich aussehenden Rot serviert bekam.

„Bier", sagte jemand von der gegenüberliegenden Tischseite.

Trixi blickte auf, staunte tatsächlich verwundert über den fremden Mann, doch dann – wie konnte es auch anders sein – begannen ihre Augen zu leuchten und spiegelten ein super *Sahneteilchen* wider.

„Nanu, wer bist denn *du*? Und wie hast du dich unter die Muttis hier verirrt?", fragte sie ungeniert.

Rüdiger lachte schallend und zeigte auf die *Mutti*,

die neben ihm saß – nämlich mich. „Ist meine Cousine."

„Jule ist deine Cousine? Nee, im Ernst jetzt?" Trixi, die doch sonst immer sofort alles für bare Münze nahm, was ein fremder Typ von sich gab, glaubte Rüdiger kein Wort.

„Doch", bestätigte ich, „ist so." Und erklärte ihr, wie der Zufall uns zusammengeführt hatte.

„Na, denn …", Trixi nahm einfach mein Glas und hielt es Rüdiger entgegen.

Mitsamt ihrem Stuhl unterm Hintern wechselte sie den Standort und quetschte sich zwischen Ellen und Rüdiger, damit sie ihn besser unter die Lupe nehmen und flirten konnte, was das Zeug hielt.

Esthers zog ein grimmiges Gesicht, wurde immer ruhiger und beteiligte sich kaum noch an der Unterhaltung. Das schien allerdings nur mir aufzufallen. Elvira und Heidrun fachsimpelten mit Ellen und Xenia über Softwareprobleme auf Heidruns heimischem Rechner und ich, ja, was machte ich wieder? Ich konzentrierte mich auf Esther.

„Hey, was ist plötzlich los mit dir?" Ich stieß sie aufmunternd an.

Wieso war die Antwort: „Kopfschmerzen!" immer die, die einem direkt einfiel?

„Brauchst du eine Tablette? Ellen hat bestimmt welche dabei."

Esther schüttelte den Kopf. „Danke, geht schon." Sie versuchte ein Lächeln, doch es wirkte aufgesetzt.

Plötzlich legten sich von hinten zwei Hände auf Esthers Schultern. Rüdiger war aufgestanden, weil er jetzt wohl auch bemerkt hatte, dass es Esther offensichtlich nicht gut ging.

„Kann ich irgendwie helfen?"

Esthers Beschwerden waren wie weggeblasen. „Das ist lieb, aber es geht schon wieder." Ihre Augen leuchteten ihn an, dass ich mich fragte, was an dieser Frau überhaupt noch echt war.

Rüdiger blieb ein Weilchen bei ihr sitzen, sie unterhielten sich. Hier und da brachte ich mich mit ein, ansonsten wandte ich meine Aufmerksamkeit den anderen zu.

Die Zeit verging wie im Flug. Es war bereits kurz vor zwei, als Ellen nach Hause wollte. Da wir als Clique in der Regel gemeinsam kamen und auch gemeinsam gingen, herrschte mit einem Mal allgemeine Aufbruchstimmung.

Mit einer festen Umarmung verabschiedete ich mich von Rüdiger. „Lass dich bald mal bei uns blicken!"

„Das werde ich", versprach er. „Und grüß mir Jochen, ja!"

„Wo habt ihr geparkt?", fragte Trixi und es stellte sich heraus, dass *ihr* Wagen nicht dort stand, wo wir hinmussten.

„Dann haben wir zwei jetzt wohl denselben Weg", grinste Rüdiger. Trixis Augenaufschlag war deutlich zu entnehmen, dass sie das *Sahneteilchen* mit Sicherheit jetzt nicht auf Eis legen würde.

***

Eine Woche später, es war Samstagmorgen, rief Corinna an. „Jule, darf ich heute zu euch kommen und vielleicht auch bei euch schlafen?"

Die Bitte freute und wunderte mich zugleich, dass Corinna diesen Wunsch zuletzt äußerte, lag eine geraume Weile zurück.

„Klar darfst du!"

„Danke", klang es erleichtert. „Bis nachher dann!"

Jochen reagierte gelassen, als ich überlegte, ob irgendetwas vorgefallen sei. Seit dem Abend im Innenhafen hatte ich nichts mehr von Esther gehört.

„Du siehst Gespenster! Wahrscheinlich hat meine Nichte den Freund ihrer Mutter einfach nur bis hierhin …", es folgte eine demonstrative Geste mit der Hand. „Corinna soll ruhig kommen. Ich kann sie gut verstehen."

Es stellte sich heraus, dass ich mit meiner Vermutung gar nicht so daneben lag. Jochen mit seiner allerdings auch nicht.

„Zu Hause kotzt mich alles an!", schimpfte das Mädchen, als sie ihre Windjacke über den Garderobenhaken schmiss.

„Schon wieder mal?"

„Daran hat sich nie etwas geändert. Aber ich habe euren Rat befolgt, mich so viel wie möglich mit meinen Freundinnen zu treffen, um dem ewigen Stunk aus dem Weg zu gehen." Ihre Stimme überschlug sich.

„Und ich dachte, mittlerweile sei bei euch alles soweit in Ordnung?" Glaubte ich das wirklich?

„Pah, in *Ordnung*!" Wie verächtlich die Worte aus Corinnas Mund klangen. Sie pustete sich eine Haarsträhne aus der Stirn, die gar nicht vorhanden war.

Noch vor einem Jahr trug Corinna diese ständige Traurigkeit in ihrem Blick, wenn sie kam, um ihr

Herz auszuschütten. Heute schlug uns eine Welle der Wut um die Ohren.

„Zwischen Mama und Carlos ist längst nicht mehr, was es mal war, aber ... das ist es gar nicht." Die Fünfzehnjährige sprach's und verblüffte mich aufs Neue. „*Jeden* Mittag", und die Betonung lag unüberhörbar auf *jeden*, „wenn ich aus der Schule komme ... dieses Chaos!"

„Nun beruhige dich erst mal!" Jochen verstand gar nichts mehr. Er drückte seine Nichte auf den nächsten Küchenstuhl und hielt ihr ein Stück Schokolade unter die Nase. „Hier, ist gut für die Nerven. Und dann erzähle in Ruhe und der Reihe nach, was passiert ist."

„Viel zu erzählen gibt es da nicht, ich kann es bloß nicht mehr mit ansehen, wie aus unserer schönen Wohnung, wo der Papa so viel Arbeit reingesteckt hat, so ein Saustall wird! Und wer soll den Dreck wegmachen? *Ich!*" Sie holte kurz Luft und maulte weiter: „Das Geschirr häuft sich in der Spüle, wenn *ich* nicht abwasche, die Reste vom Frühstück bleiben auf dem Tisch, wenn *ich* nicht abräume und überall die Krümel auf dem Fußboden. Glaubt ihr, der gnädige Herr würde auch nur ein einziges Mal zum Staubsauger greifen? Oder wenigstens die leeren Bierflaschen zum Supermarkt bringen, die er dauernd alleine säuft? Nee, das tut der Herr nicht! Der sitzt mit dem Arsch auf dem Sofa und erteilt *mir* Anweisungen!" Ihre Augen füllten sich mit Tränen.

„So ungefähr habe ich mir das vorgestellt." Jochen zeigte sich nicht sonderlich überrascht. „Von *dem* brauchst du dir aber nun wirklich nichts sagen lassen", gab der Onkel einen seiner weisen Ratschläge,

„hör einfach nicht drauf!"

„Und du glaubst, das ist so einfach abzutun?" Ich hegte da doch ziemliche Bedenken. „Corinna würde nur wieder mit deiner Schwester Zoff kriegen, weil sie sich angeblich nichts sagen lässt."

„Genau das ist es ja!", schluchzte das Mädchen. „Seit Carlos bei uns wohnt, bin ich sowieso alles und jedes schuld. Manchmal glaub ich, die wollen mich loswerden."

Ich erschrak über solche Gedanken. „Deine Mutter will dich mit Sicherheit nicht loswerden!", redete ich auf Corinna ein. „Sie ist halt …" Ja, was war Esther denn eigentlich? Eine Frau, die um wichtige Entscheidungen herumschlich wie die Katze um den heißen Brei. Nur mit einem Unterschied: Die Katze schleckte irgendwann.

Hinzu kam, Esther arbeitete längst nicht mehr in der Reinigung, sondern seit vier Monaten ganztags in der Werkskantine eines großen Duisburger Konzerns. Was im Klartext für Corinna hieß: Jeden Tag saubermachen, abwaschen, Staubwischen und all die anderen schönen Arbeiten verrichten, die das Leben einer Hausfrau so ungemein bereicherten *(ich selbst schwamm ja auch in diesem Reichtum)*, zwischendurch dann noch die Schulaufgaben. Wo bitte blieb da Zeit für Freizeitaktivitäten einer Fünfzehnjährigen? Und Carlos ließ sich ja offenbar von vorne bis hinten nur bedienen.

„Was Mama bloß an dem findet?!"

„Wüsste ich auch gerne", pflichtete Jochen seiner Nichte bei.

„Diese Überlegungen bringen doch nichts! Esther hat sich nun mal Carlos ausgesucht, da ist nichts dran zu rütteln. Wie du …", damit wandte ich mich direkt an Corinna, „mit ihm klarkommst, ist eine ganz andere Sache. Hast du versucht, mit deiner Mutter zu reden?"

„Bringt nichts", wehrte Corinna traurig ab.

„Das kannst du nicht wissen, wenn du es nicht ausprobierst!", widersprach ich.

„Du glaubst doch nicht im Ernst, Esther würde sich von Corinna dreinreden lassen!", spottete Jochen.

„Vielleicht doch."

„Weißt du mehr als wir?" Jochen wurde hellhörig.

„Könnte es nicht sein, dass sie längst erkannt hat, dass sie einen Fehler gemacht hat?" Davon war ich inzwischen felsenfest überzeugt. Oder warum sonst sprang sie jetzt so auf Rüdiger an? Nun gut, das konnten Jochen und Corinna ja nicht wissen, denn ich hatte davon nichts erzählt.

„Wer's glaubt, wird selig!" Und Jochen glaubte, was Esther anging, gar nichts mehr.

„Mama würde es nie zugeben." Corinnas Aggression war abgeflaut, dafür zeigte sie jetzt Resignation. „Ihr könnt euch nicht vorstellen, wie gemein sie manchmal ist. Dauernd meckert sie, nichts mache ich ihr recht. Gestern zum Beispiel habe ich zwei Stunden gebügelt und als sie nach Hause kam, schrie sie rum, weil ich ihre Lieblingsbluse vergessen hab."

Ein weiteres Anzeichen für meine Realitätstheorie. Esther, so hatte ich sie ja leider inzwischen kennengelernt, war schlichtweg unfähig, sich eigenhändig aus einem Dilemma zu befreien. Dazu brauchte sie Unterstützung von anderen. Doch das schien ihr selbst gar nicht bewusst zu sein. Stattdessen tickerte sie einfach aus mit dem unterschwelligen Schrei: *Hilfe, ich war dumm, holt ihn hier raus!*

„Du wirst um ein klärendes Gespräch nicht herumkommen, wenn dir der Familienfrieden wichtig ist", stellte ich fest. „Doch weißt du, was ich glaube, Corinna?"

Das Mädchen sah mich stumm an.

„Deine Mutter wird froh sein, wenn du redest! Erst dann gehen ihr die Augen richtig auf. Und sie will bestimmt nicht, dass du unglücklich bist."

„Oh je!" Jochens Gestik zeigte, was er von meinem Gerede hielt.

„Warum ziehst du nicht einfach zu deinem Vater?", fragte er ohne Umschweife. „Der ist ja schließlich auch noch da!"

Corinna sah ihren Onkel einen Moment verwirrt an, dann entgegnete sie voller Bitterkeit: „Mein Vater war noch nie wirklich für mich da! Der ist so mit sich selbst beschäftigt, der hat doch überhaupt keine Zeit für mich! Früher war immer die Arbeit der Grund oder was auch immer, jetzt sind es seine komischen Freundinnen …" Sie brach ab.

Nicht nur mir blieb der Mund offenstehen, selbst Jochen hatte Mühe, das Gehörte zu schlucken. Uns beiden wurde in diesem Moment unmissverständlich klar: Corinna konnte man nichts mehr vormachen.

9

Ein Schrecken kommt selten allein

Der Wind pfiff ums Haus, Regentropfen kullerten die Fensterscheiben, die ich natürlich erst gestern geputzt hatte, runter und überhaupt: Den Übergang von Sommer auf Herbst fand ich jedes Jahr ätzend. Mit zunehmender Schlechtwetterlage fehlte meinem Gemüt die aufhellende Sonne. Es kam vor, dass ich mich zeitweise ähnlich deprimiert fühlte wie vor meinem Geburtstag.

Heute zum Beispiel. Schon am frühen Morgen, als mich das grässliche Teil von Wecker aus dem Schlaf riss – und die ganze Nachbarschaft wahrscheinlich gleich mit –, fuhr mein Stimmungsbarometer U-Bahn. Jochen kniff mich neckisch in den Allerwertesten und als ich ihm freundlichst riet, das zu unterlassen, konterte er nur: „Ach, sind deine Tage wieder im Anmarsch?" Wenn es *danach* ging, hatte ich die wohl mittlerweile jede Woche.

Am liebsten hätte ich mir die Decke über den Kopf gezogen, mich auf die andere Seite gerollt und noch zwei, nein, besser zwölf Stunden im Land der Träume verbracht. Doch das ging nicht. Jochen brauchte seine morgendliche Tasse Kaffee und Schnitte Brot mit Erdbeermarmelade und Nadinchen musste schließlich in den Kindergarten. Also, Jule, raus aus den Federn und deine Lieben versorgen!

Kaum waren diese aus dem Haus – heute brachte Jochen Nadine ausnahmsweise zum Kindergarten –, schrillte das Telefon. Anrufe am frühen Morgen und dazu auf nüchternen Magen bedeuteten in der Regel selten Gutes, jedenfalls nicht für mich.

„Hallo, Julianchen!"

„Oh, Tante Amanda!", begrüßte ich verdutzt die morgendliche Überraschung.

„Ja haha! Na, schon munter?"

„Natürlich", versicherte ich. „Sag mal, ist was Besonderes heute?" Ich dachte angestrengt nach. „Habe ich deinen Geburtstag vergessen oder so was?"

„Wieso?"

„Na, sonst ruf ja *ich* dich immer an! Wenn *du* zum Hörer greifst, nicht ohne Grund." Das war in der Tat so. Aber egal, Tante Amanda hatte ja auch keinen männlichen Hausgenossen, der die Telefonrechnung zahlte.

„Ah, daher deine Verwunderung!" Sie lachte. „Nein, nein, *besonderes* …"

Wieso betonte sie das so merkwürdig?

„… ist eigentlich nichts. Ich wollte dir nur etwas erzählen."

Tante Amanda rief extra aus Essen-Borbeck an, nur, um mir etwas zu erzählen, wo sie doch sonst die Telekom umsparte, wo es nur ging?

Die Tante spannte mich arg auf die Folter. Aber eine Hiobsbotschaft konnte es nicht sein, dafür klang sie zu fröhlich.

„Rüdiger ist wieder in festen Händen!" Pause. „Glaube ich jedenfalls!"

„Ach!" Warum konnte ich mich nicht darüber

136

freuen? Ahnte ich, dass Tante Amanda mir noch mehr zu sagen hatte, dass jeden Augenblick der Name Trixi fallen würde? Ich wusste doch gleich, der heutige Tag hatte es in sich!

„Ich bin froh, dass der Junge wiederauflebt, er hat sehr unter der Trennung von Maren gelitten."

Das wusste ich doch, da sagte sie mir nichts Neues.

„Ich wünsche ihm so sehr, dass er mit Esther mehr Glück hat!"

„Mit … *wem*?" Meine Stimme stolperte. Her mit dem nächsten Stuhl, der greifbar war.

„Kind, du hörst dich so merkwürdig an!"

„Du … du sagtest eben, du glaubst … heißt das, du weißt es nicht sicher?"

„Na ja, hundertprozentig wissen tu ich es nicht, nein", gab die Tante zu. „Rüdiger hat nur gewisse Andeutungen gemacht und er ist in letzter Zeit wie ausgewechselt. Das fällt einer Mutter sofort auf. Aber sag, hast du was? Deine Stimme …"

„Alles in Ordnung!" Ich schluckte kräftig in der Hoffnung, das eben Gehörte *ver*schluckt zu haben und bemühte mich um einen normalen Klang. „Ich freue mich für ihn."

„Rüdiger kommt Sonntag nämlich auch nicht zum Essen, sonst immer. Dann muss es schon etwas Ernstes sein."

„Ja?", kam es angesichts Tantes Überzeugung kläglich aus meinem Munde.

„Wieso haut dich die Nachricht so um?", fragte Amanda ohne Umschweife. „Warst du nicht die ganze Zeit schon damit beschäftigt, mir eine neue Schwiegertochter zu besorgen?"

Mir stieg das Rot bis zu den Haarwurzeln und ich hatte das Gefühl, Tante Amanda sah es durch das Telefon.

„Julianchen? Bist du noch dran?"

„Ja."

„Brauchst nicht rot werden!"

„Woher weißt du …?"

„Na, hör mal, ich kenne dich doch! Schließlich bist du die Tochter meiner Schwester und die konnte das auch!" erklärte die Tante burschikos.

Jetzt wurde es aber interessant. „Was konnte meine Mutter ganz gut?", gedachte ich dringlich zu erfahren. Denn mir war im Augenblick wirklich schleierhaft, was genau sie meinte, und meine Mutter lag seit über zwanzig Jahren unter der Erde.

„Kuppeln!", schoss Tante Amanda heraus. „Jetzt staunst du noch mehr, was?"

Allerdings. Aber von irgendwem musste ich meine Kombinierungssucht ja haben. „Du wusstest die ganze Zeit, dass ich …?"

Tante Amanda ließ mich nicht aussprechen. „Dass du jemanden suchst, der zu Rüdiger passt, ja!"

„Woher?" Ich konnte nicht aufhören, mich zu wundern.

„Ach, Julianchen, du hast dich so auffällig für Dinge aus Rüdigers Leben interessiert! Vor allem für die nach der Trennung. Ich kann zwei und zwei zusammenzählen."

„Tantchen, ich muss dir ein Geständnis machen!"

„Welches?", kam es erwartungsvoll zurück.

„*Sherlock Holmes* muss gegen dich ein kleines Licht gewesen sein."

Tante Amanda lachte. Dann rief plötzlich ihre

Waschmaschine aus dem Keller – wie immer, wenn ihr das Gespräch zu teuer wurde. Und das Wort Flatrate brachte Tante automatisch mit ins Haus flatternden Raten in Verbindung, weshalb sie auch keine hatte. Abgesehen davon lohnte sich eine solche bei ihr mit Sicherheit nicht.

Das gab es doch einfach nicht! Ob starker Kaffee half, das soeben Gehörte zu verarbeiten? Ich war im Begriff, Esther anzurufen, legte aber den Hörer wieder auf, bevor ich die Nummer zu Ende gedrückt hatte. Wäre auch Quatsch gewesen, denn Esther befand sich längst auf der Arbeit.

Wie sich zeigte, hatte Tante Amanda ausgerechnet einen meiner schlechtesten Tage für ihre Mitteilung ausgesucht. Prompt glitt mir der Glasbehälter mit dem Kaffeeweißer aus den Händen und das weiße Zeug pulverte breitflächig über den Küchenboden.

„Scheiße!", fluchte ich undamenhaft, aber außer Toheckü hörte es ja keiner. Man, der Hund hatte vielleicht einen abartigen Geschmack! Es gelang mir gerade noch, ihn davon abzuhalten, die Scherben mit aufzuschlecken. Wo war denn nur wieder das Kehrblech? Dass man in diesem Haus aber auch immer alles suchen musste!

***

Mit Mühe riss ich mich am Riemen, um Esther nicht noch am selben Abend anzurufen und mir aus erster Hand die Bestätigung der unglaublichen Neuigkeit zu holen. Bis Freitag schaffte ich es, mich ruhig zu halten, dann war Mädelsabend.

Länger hätte ich nicht ausgehalten, sonst wäre ich

geplatzt. Meine Geduld wurde allerdings auf eine weitere harte Probe gestellt, denn Esther erschien als Letzte.

„Tut mir leid, ich war erst um acht zu Hause. Musste noch die Kasse abrechnen." Sie sah ziemlich geschafft aus und stöhnte über Kopfschmerzen. „Erst wollte ich nicht kommen. Aber mittlerweile geht es wieder."

„Schwarzer Kaffee hilft", riet Xenia.

„Mir nicht. Ich habe heute schon so viel davon intus, wenn ich noch mehr von dem Zeug trinke, stehe ich die Nacht senkrecht im Bett."

„Dann stell doch dein Bett auch hochkant und schon passt es wieder", foppte Trixi sie.

„Ein weiterer Nebeneffekt: Du hast mehr Platz im Schlafzimmer", gab ich einen drauf.

Alle lachten, nur Esther nicht.

„Sag mal, hast du was?", forschte sie wachen Verstandes.

„Nein, wieso?"

„Komm, ich kenn dich! Was ist dir für eine Laus über die Leber gelaufen?"

Es wurde ruhig am Tisch. Heidrun und Elvira steckten die Köpfe zusammen und tuschelten. Wunderte mich sowieso, dass die beiden überhaupt noch zu unseren Treffen erschienen. Seit Esther wieder dabei war, distanzierten sie sich auffällig.

„Ich habe nichts, du kannst beruhigt sein." Ich gab mich betont gleichmütig, wenn es mir auch schwerfiel. Ob Esther etwas mit Rüdiger anfing oder nicht, war doch gar nicht mein Problem, sondern einzig und allein deren Angelegenheit. Ich hatte kein Recht, ihr dafür böse zu sein. Über was regte ich mich eigentlich auf?

„Kommst du Sonntag zu mir zum Kaffee?", fragte ich jetzt betont freundlich und hinterhältig zugleich. Mit der Frage brachte ich sie nun bestimmt in Verlegenheit.

„Sonntag? *Jetzt* Sonntag?", kam es dann auch gedehnt zurück.

„Ja, so gegen halb vier. Jochen geht mit zwei Kollegen zum Dart-Turnier und ich habe sturmfreie Bude. Trixi, Ellen und Xenia kommen auch."

Ich wartete gespannt, was Esther sich einfallen ließ, um mir eine plausible Abfuhr zu erteilen. Laut Tante Amanda war sie ja mit Rüdiger verabredet.

„Heidrun und Elvira nicht?", fragte Esther stattdessen und sah verwundert zu den beiden hinüber.

„Wir können nicht", gab Heidrun auffallend knapp zur Antwort. Es klang zwar nicht direkt unfreundlich, aber man merkte, sie war nicht gewillt, weitere Erklärungen abzugeben. Elvira sagte gar nichts.

„Du überlegst aber lange diesmal!" Ich tat, als wundere ich mich. „Sonst bist du doch immer die Erste, die …"

„Ich würde ja auch sehr gerne kommen", fiel Esther mir ins Wort, „aber ich habe Oma versprochen, ihr die Haare zu machen."

„Am Sonntag?", wunderte Xenia sich.

„Ja, in der Woche passt es immer nicht", gab Esther zurück.

Alles in allem eine gelungene Ausrede, denn im Wahrheitsfalle hätte Esther Oma nie versetzen dürfen, weil die dann schrecklich beleidigt wäre.

„Dauert das denn so lange?", horchte ich nach.

„Oma will Dauerwelle."

Okay, damit war das Thema durch. Aber was, wenn ich auf die Idee kam, Oma zu fragen? Esther musste doch soweit denken können, dass ich mit Leichtigkeit erfuhr, wenn sie log. Warum sagte sie denn nicht, dass sie verabredet war? Warum ließ sie sich diesen Mist einfallen? Denn dass sie mich belog, nahm ich ihr am meisten übel. Wenn ich zurückdachte … hatten wir das nicht schon mal?

Ich wusste, Corinna würde das Wochenende bei ihrem Vater verbringen, Harry hatte sich wundersamer Weise bei ihr gemeldet und sie gebeten, ihn doch wieder einmal zu besuchen. Hoffentlich fing er jetzt endlich an, sich zu kümmern. Aber das war ja eine andere *Baustelle*.

Esther hatte also mal wieder freie Fahrt. Meinem Naturell entsprechend hätte ich ihr augenblicklich am liebsten auf den Kopf zugesagt, dass ich nur zu gut wusste, *wem* sie die Dauerwelle verpasste. Ich wunderte mich über mich selbst, als ich jetzt ganz ruhig bedauerte: „Schade."

„Wenn ich das vorher gewusst hätte … warum hast du nicht angerufen?"

„Weil sich das erst heute spontan ergeben hat." Was auch stimmte. Ich hatte schon die Klinke in der Hand, wollte das Haus verlassen, als Jochen mir mitteilte, er werde den ganzen Sonntag beim Dart verbringen. Dass ich auch Bescheid wisse und nicht hinterher mit Vorwürfen käme. Zwar wusste ich nicht, wie er darauf kam, dass ich mopperte, aber im Augenblick nagte auch in unserer Beziehung ein *Würmchen*, dessen Länge noch nicht abzusehen war.

Jochen stand berufsmäßig arg unter Strom und ich verstand ja von diesen Dingen angeblich nichts. Also suchte er einen Ausgleich. Sollte er halt mit Pfeilen werfen, wenn ihm danach zumute war. Hauptsache, er traf die richtige Zielscheibe. Ich hätte zwar mitgehen können, aber hierzu fehlte mir die Lust. Da lud ich mir lieber meine Mädels ein.

Der Kellner brachte das Essen und das Schwatzen am Tisch wurde für die Zeit des Genusses leiser.

„Wie wäre es, wenn wir nachher noch ins *PM* oder so fahren?", schlug Trixi vor. „Da ist freitags und samstags der Teufel los!"

„Keine schlechte Idee", stimmte Xenia sofort zu, „ich war schon ewig nicht mehr in der Disco."

Heidrun und Elvira schauten bei der bloßen Vorstellung an diese lauten *Baggerschuppen* drein wie zwei hausbackene alte Mütterchen, denen man zu Weihnachten Strapse unter den Baum gelegt hatte. Es war abzusehen, dass sie sich nach unserem Aufbruch aus diesem Lokal verabschiedeten.

Zur Untermalung gähnte Elvira herzzerreißend, dass es auf meinen Stimmbändern kribbelte zu sagen, sie solle doch bitte demnächst zu Hause bleiben, wenn sie sich in unserem Kreis nur noch langweilte.

Sicher, ich kannte den Grund, aber ich sah auch nicht ein, immer alles nur auf Esthers Anwesenheit zu schieben. *Ihr* tat sie schließlich nichts. Aber seit Weihnachten war bei Elvira absolut die Luft raus. Und in Heidrun fand sie ihre Verbündete.

Ich wollte schon ansetzen, da rief selbst Ellen, sie würde doch gerne mal wieder schwofen gehen. Burkhard hatte ja nie Lust zu so was.

Die Frau machte sich! War wohl der schlechte Einfluss.

Da vergaß ich sogar, was ich Elvira sagen wollte.

Somit wurde nun mehrheitlich beschlossen, den weiteren Abend in der Disco zu verbringen. Ellen bot sich als Fahrerin an und da Heidrun und Elvira wegfielen, brauchten wir auch nur ein Auto.

Dafür, dass Ellen schon ewig nicht mehr dort war, fand sie den Weg im Schlaf. Trixi und Esther schwelgten neben mir auf der Rückbank in alten Zeiten.

Schon beim Betreten des ehemaligen Zechengebäudes wurde jede von uns von zwei breitschultrigen Türstehern in Augenschein genommen. Offensichtlich genügten wir den Ansprüchen der Einlassregeln. Mit einem überheblich knappen „'n Abend!" durften wir hinein, wo uns sofort ein freundlich lächelnder Mann in rotem Seidenhemd und schwarzer Lederhose je ein Kärtchen in die Hand drückte mit der fett bedruckten Aufschrift: *Mindestverzehr fünfzehn Euro*, und darunter ganz klein, dass man fast eine Lupe brauchte: *Bei Verlust fünfzig Euro*.

„Ganz schön happig", moserte Trixi und ließ ihren Blick nach möglichen *Sahneteilchen* umherschweifen, ob sich die Ausgabe auch lohnte.

„Wie ich dich kenne, findest du garantiert einen, der für dich zahlt", entgegnete ich und war überzeugt, dass es so kam.

Am Eingang zum Techno-Floor blieben wir stehen.

„Ganz schön was los hier!", rief Xenia begeistert.

„*Was* hast du gesagt?", schrie Ellen, die kein Wort

verstand. Diese bombastische Musik, die im schlimmsten Fall zu Herzrhythmus-Störungen führte, übertönte alles in ihrer grausamen Lautstärke.

„Ich sagte, ganz schön was los hier!", schrie Xenia zurück, aber Ellen schüttelte nur taub den Kopf.

„Also, Leute, in das Techno-Ding kriegt ihr mich nicht rein!", erklärte sie demonstrativ. „Da bekommt man ja einen Hörsturz."

„Gut, dann suchen wir uns jetzt ein nettes Plätzchen und jeder kann hin, wo er will", schlug Trixi vor.

Wir fanden eins in der oberen Etage mit Ausblick auf den Durchgangsverkehr. Zur Bar mussten wir dann halt die Treppe hinunter.

„Mir klingeln immer noch die Ohren", meinte Ellen. „Techno ist … äh …", sie machte eine abwertende Geste, „grässlich!"

„Nächstes Mal fahren wir nach Krefeld. Ich kenne da einen Laden, da kannst du *Mumien* schieben", grinste ich.

„Genau, deutsche Schlagerparade mit Paartanz, das ist es!", grölte Xenia. „Und wahrscheinlich kein Mann unter Rentenalter."

„Und alle warten wie die Gockel auf der Stange, dass sie was zu Picken kriegen", vollendete Esther.

Ellen erschrak. „Lieber nicht, dann ziehe ich doch Techno vor."

„Hier gibt es ja noch mehr. Lasst uns mal sehen, ob der Laden noch dasselbe zu bieten hat wie das letzte Mal, als ich hier war."

„Jule, wie lange ist das her?" Esther grinste wissend.

Ich überlegte. „Drei Jahre. Oder vier?"

„Oder fünf oder sechs oder vor Jochens Zeit vielleicht?", haute mir Trixi um die Ohren.

In dem Moment schoben sich zwei Halbwüchsige – oder sahen sie nur so aus? – an uns vorbei. Einer rempelte Esther an und bei seinem Blick kam die Vermutung auf, dass dies voll beabsichtigt war.

„He, kannst du nicht aufpassen?", ranzte Esther ihn an. „Außerdem, dürft ihr hier eigentlich schon rein?"

Just sackte ihre Kinnlade Richtung Fußboden, als der Knabe frech entgegnete: „Und du, Oma? Biste zum Sterben hergekommen?"

Mit höhnischem Gelächter stob die freundliche Jugend von dannen und ließ eine mit ihrem Selbstbewusstsein hart ringende Esther zurück.

„Steh drüber, du musst das nicht persönlich nehmen!", versuchte Ellen sie wieder aufzumuntern.

„Die sagen das garantiert zu jedem, der gerade im Weg steht!", pflichtete ich ihr bei.

„Meint ihr?"

„Komm, Esther, du bist doch sonst hart im Nehmen! Lass dir von den Knirpsen nicht die Stimmung vermiesen!" Trixi ging das Getue um Esthers Seelenheil auf den Keks.

„Was haltet ihr von einem schön süffigen Cocktailchen?", schlug Xenia vor, um vom Thema abzulenken. „Wir sind schließlich hier, um uns zu amüsieren."

Irgendwo jonglierten Kellner volle Tabletts durch die Menge. Es würde lange dauern, bis einer zu uns fand. Den Ärmsten rann der Schweiß von der Stirn. Die Luft hier drin machte einem das Atmen zum Höchstleistungssport. Hinter der Techno-Tür versagten jetzt wahrscheinlich sämtliche Herz-schrittmacher derer, die älter als fünfunddreißig waren und das Herumhopsen mitmachten, was die Zwanzigjährigen für Tanzen hielten.

„Ich geh uns was holen. Wer möchte was?", bot Xenia an. Trixi stand sofort auf: „Ich komm mit."

Doch Xenia kam alleine zurück und balancierte vorsichtig die Getränke auf einem Tablett.

„Wo ist Trixi?", fragte Esther verwundert und sprang auf, um Xenia zu helfen.

Die griente. „Bei irgendeinem *Sahneteil*. Man kennt sie ja."

„Wo die die nur immer ausgräbt!", grummelte Esther und es klang neidisch – ein bisschen zumindest.

„Du brauchst nur die Augen aufmachen, der Laden ist voll von *Kalorienbomben*", meinte Xenia doch allen Ernstes. „Ist halt eine Frage des Geschmacks."

Esther verzog das Gesicht.

„Hallo, schönen guten Abend! Kann ich euch etwas bringen?" Plötzlich stand doch einer der Tablett-Jongleure vor uns.

„Wir dachten schon, hier ist Selbstbedienung!", kritisierte Esther, lächelte aber den jungen Mann dabei trotzdem freundlich an.

„Beides", antwortete er und setzte entschuldigend hinzu: „Mein Kollege ist ausgefallen, deshalb …"

„Jetzt sind Sie ja da und kümmern sich um unsere Wünsche", unterbrach Xenia kess und mit herausforderndem Augenaufschlag. „Hab zwar gerade erst eine Runde geholt, aber hier verdunstet das ja so schnell. Also, ich hätte gern noch mal einen *Sex on the Beach*."

Er sah Xenia geradewegs in die Iris, lächelte verheißungsvoll und formte seine Lippen zu einem tonlosen: *Ich auch!*

Hallooo!? War ich hier in einer Disco oder einem Hochspannungshäuschen? Zwischen Xenia und dem Kellner knisterte was. Ob er noch ein paar nette Kollegen für Esther, Ellen und mich besaß? Doch dafür würden wir wohl eine Etage tiefer in das tropische Klima müssen, hier oben kam keiner hin.

„Mal sehen, was der gleich bringt", grinste Ellen, als Xenias Eroberung mit unserer Bestellung abzog. „Ich wette, der wirft alles durcheinander."

„Dem Guten wäre nicht mal aufgefallen, wenn du einen *Mai Tai* ohne Alkohol bestellt hättest", warf Esther ein.

Na, wenigstens lachte sie wieder.

„Xenia, so kenne ich dich ja gar nicht!", stellte ich nachhaltig und reichlich belustigt fest. „Gefällt der dir etwa?"

„Sieht nett aus", bekannte sie verschmitzt. „Da könnte ich schon ins Träumen geraten."

„Nanu, was sind denn das für Töne?" Ellen wunderte sich genauso wie ich, dass Xenia sich so heiter und gelöst gab.

„Ich finde es richtig locker hier! War echt eine gute Idee von Trixi." Schwups stand Xenia auf und beugte sich über die Balustrade, um nach ihrem *Sex on the Beach* Ausschau zu halten. „Wir sollten so was viel öfter machen …!"

Aus der Rock-Pop-Halle ertönte Mark Medlocks *„You can get it …"*. Da musste Xenia unbedingt hin. Und wir gleich mit, denn keine von uns hatte vor, den ganzen Abend an dem Tisch hier zu versauern.

„So habe ich sie seit Jahren nicht mehr erlebt", flüsterte Ellen mir ins Ohr und es war klar, was sie meinte.

„Ist doch wunderbar", freute ich mich und stieß sie freundschaftlich an. „Sei doch mal was lockerer, ich habe das Gefühl, du amüsierst dich überhaupt nicht."

„Aber so ist es nicht", wehrte Ellen ab. „Ohne Burkhard ist es sogar … viel schöner als mit", gestand sie und erschrak über die eigenen Worte. „Ich fühle mich wirklich gut."

„Na, dann …", ich lachte, „auf ins Getümmel!"

Die Tanzfläche war voll, man konnte sich kaum bewegen. Wenn ich mich so umschaute, waren jede Menge Omas zum Sterben da und hatten sich aufgedonnert, als sei die weibliche Schlacht um den wirklich allerletzten männlichen Anteil der Bevölkerung freigegeben.

Es dauerte nicht lange, dann hatte ich Esther, Ellen und Xenia aus den Augen verloren. Durch das Gedränge wurden wir auseinandergeschoben. Dafür winkte Trixi von irgendwoher zu mir herüber und zeigte auf den Mann, der neben ihr irgendwelche krampfartigen Verrenkungen machte. Aha, so sahen also *Sahneteilchen* aus! Na, da verzichtete ich gerne freiwillig. Aber nett, Trixi an diesem Abend noch mal gesehen zu haben.

Das Gedränge nervte und ich beschloss, wieder zu unseren Cocktails zurückzugehen, bevor die jemand anders austrank. Keiner da, die Blazer von Xenia und Esther hingen einsam über den Stuhllehnen und der Aschenbecher war inzwischen von Mr. Adonis geleert worden. Ich setzte mich, sog an meinem

Strohhalm, stand wieder auf, ging zum Geländer und überblickte den Teil des Geschehens, den der Blickwinkel hergab. Das Wechselfarbspiel der Lichtkugel aus der Techno-Halle blitzte bis in den Durchgang. Da! Ich erspähte Esthers Silhouette und die eines Mannes, mit dem sie – wie es schien – in ein ziemlich erregtes Geplänkel verwickelt war. Nach und nach formierte sich die Gestalt vor meinen Augen. Das war ja Carlos! Wie kam *der* denn jetzt hierher? Hatte er gewusst, wo wir hinwollten? Aber nein, wie denn? Wir hatten doch vorhin erst entschieden, in die Disco zu fahren. Zufall also? Augenscheinlich war auch Esther nicht begeistert, an diesem Ort unvorhergesehen auf Carlos zu stoßen.

Überhaupt schien in dieser Beziehung, die mir anfangs als die große Liebe gepriesen wurde, inzwischen jeder seine eigenen Wege zu gehen.

Gedankenverloren stand ich da und beobachtete neugierig das Schauspiel zwischen den Menschentrauben, die sich durch die Gänge schoben. Ich merkte gar nicht, dass Xenia auf mich zusteuerte und erschrak, als neben mir ihre Stimme ertönte.

„Puh, ist das schweißtreibend!", stöhnte sie und kippte den Rest aus ihrem Glas in einem Zug runter. „War der nette Kellner noch mal da?"

Erst da fiel ihr wohl auf, dass ich alleine war. „Wo sind denn die anderen?"

„Deine Schwester hat eben noch getanzt. Wo sie jetzt ist, weiß ich nicht, und Esther streitet sich wohl gerade mit ihrem komischen Freund, der ebenfalls auf die Rolle gegangen und ihr auch noch zufällig in die Arme gelaufen ist." Ich zeigte in die Richtung, in der Esther und Carlos standen. Das gedämpfte Licht tat meinem Eindruck keinen Abbruch – die Gesten der beiden zeugten von gegenseitiger Abwehr.

Xenias Blick folgte meinem.

Zuerst fiel mir gar nicht auf, dass sie kein Wort mehr sprach. Aber dann drehte ich mich um und erschrak. Sie saß und der flackernde Schein unserer Tischkerze warf bizarre Schatten auf ihr Gesicht. Es wirkte wie eine Maske, aschfahl und ohne jede Regung.

„Xenia?"

Keine Antwort.

„Xenia, ist dir nicht gut?", fragte ich besorgt.

Wieder keine Antwort. Stattdessen hing sie auf dem Stuhl wie eine leblose Puppe.

Panik wollte sich in mir ausbreiten, aber ich kämpfte gegen dieses grässliche Gefühl an und versuchte, ruhig zu bleiben. Hilfe suchend sah ich über die Brüstung nach den anderen. Keine war zu sichten, selbst Esther und Carlos waren auf einmal verschwunden.

„Sollen wir an die frische Luft gehen?", versuchte ich Xenia eine Antwort zu erzwingen. Ich legte meine Hand auf ihre und merkte, wie sie zitterte. Die ganze Xenia bibberte von oben bis unten.

„Komm!", schrie ich, damit sie mich auch hörte und schob meinen Arm hinter ihren Rücken, um sie zum Aufstehen zu bewegen.

„Aber das …", kam es brüchig über ihre Lippen.

„Mein Gott, Xenia, bitte sage mir doch, was mit dir ist!"

Gezwungen durch meinen kräftigen Arm erhob sie sich endlich. Einen Moment stand sie da in der Enge der Tischgruppe, doch ihr schwindelte und sie ließ sich sofort wieder auf den Sitz fallen.

Der Kellner, den Xenia eben noch mit feurigem Interesse fixiert hatte, kam herbei.

„Können sie mir bitte helfen, meine Freundin hinaus zu bringen? Ihr ist nicht gut!"

Ohne Umschweife stellte er sein Tablett ab und wollte Xenia untergreifen. Da erwachte sie aus ihrer Lethargie.

„Nein, nein, danke, ist nicht nötig!"

Der Kellner zuckte die Schultern, nahm sein Tablett wieder auf und verschwand im Gewühl.

„Entschuldige", wisperte Xenia kläglich, „ich komme schon wieder klar!" Sie stand erneut auf, wankte leicht, zog aber entschlossen ihre Jacke von der Lehne und sah mich mit großen, merkwürdig traurigen Augen an. „Ich fahre nach Hause."

„Warum sagst du mir nicht, was mit dir ist? Du bist so blass, ich mache mir doch Sorgen! Komm, ich bringe dich!"

Sie wehrte entschieden ab: „Du brauchst dir keine Sorgen machen! Wirklich nicht! Es geht schon wieder, war nur ein kleiner Schwächeanfall." Sie merkte, dass ich ihr nicht glaubte und behauptete schnell: „Kommt von der stickigen Luft."

Ich fand die Luft inzwischen eigentlich ganz in Ordnung, die Klimaanlage lief auf Hochtouren.

Xenia umarmte mich zum Abschied. „Bitte sage Ellen nichts!"

„Glaubst du nicht, dass die sich wundert, weil du weg bist?", gab ich zu bedenken. Ihr Blick war so herzzerreißend, dass ich versprach, mir was einfallen zu lassen.

„Danke", flüsterte sie erleichtert und ging.

Ich begriff es nicht, warum sagte sie nichts? Hatte sie gesundheitliche Probleme, von denen keiner was mitkriegen sollte? Erst heiter, dann so merkwürdig?

Endlich ließen sich wenigstens Ellen und – oh Wunder! – Trixi blicken.

„Wo sind denn Xenia und Esther?"

„Erstere ist nach Hause und zweite streitet sich gerade mit ihrer besseren Hälfte", antwortete ich unleidlich.

„Carlos?", fragte Trixi verblüfft. „Woher weiß *der* denn, dass wir hier sind?"

„Woher soll *ich* das wissen?"

„Bist du sauer auf mich?" Trixi fühlte sich durch meine Tonlage auf den Schlips getreten. „Ich habe dir nichts getan!"

„Na prima, dann geh ich jetzt wohl besser!", ritt mich der Teufel. Erst abhauen, dann Vorwürfe machen – klasse Abend. So hatte ich mir den nicht vorgestellt! Schließlich war auch ich hergekommen, um mich zu vergnügen.

Ellen setzte sich betroffen neben mich und legte mir beruhigend den Arm um die Schulter. „So hat Trixi das doch gar nicht gemeint. Was war denn überhaupt? Warum ist Xenia gegangen?"

Sollte ich Ellen den Vorfall schildern und sie womöglich unnötig beunruhigen? Xenia war bestimmt schon längst zu Hause und morgen sah die Welt wieder anders aus. Andererseits, wenn Xenia nun krank war und … nicht auszudenken, was passieren konnte. Sie war allein, Mirko schlief heute bei einem Schulfreund. Eine innere Unruhe nahm von mir Besitz. Deshalb setzte ich mich über mein

Versprechen hinweg und sagte Ellen die Wahrheit.

Sie erschrak. „Warum hast du mich nicht geholt?"

„Ich konnte sie nicht alleine lassen. Sie machte den Eindruck, als kippe sie jeden Moment um."

„Verstehe ich nicht!", gab Trixi nicht gerade geistreich ihren Senf dazu.

Ratlos sahen wir uns an.

„Ich fahre zu ihr!" Ellen war konfus, kannte sie doch die Stimmungsschwankungen ihrer Schwester am besten, und machte sich folglich große Sorgen.

„Ich hoffe, du hast mehr Erfolg als ich."

„Wir werden sehen." Es klang nicht sehr überzeugt.

„Ihr seid mir aber nicht böse, nein?"

„Dass du gehst? Quatsch! Wir wollen doch auch wissen, was los ist."

„Melde dich aber bitte so schnell wie möglich und sage Bescheid, ja!", rief ich Ellen noch hinterher.

Die eine ging, die andere kam – auch mal wieder!

„Herrscht hier Aufbruchstimmung?" Esther blickte enttäuscht auf ihre Armbanduhr. „Ist doch erst halb eins."

„Xenia ist schlecht geworden und Ellen bringt sie gerade nach Hause." Das stimmte zwar nicht ganz, aber warum Esther nun auch noch mal die Einzelheiten schildern? „War das eigentlich eben Carlos?", fragte ich stattdessen.

Augenblicklich verzog sich ihre Miene – Antwort genug.

„Habt ihr gestritten?", forschte ich. Klar hatten sie gestritten. Mir konnte Esther nichts vormachen.

Trixi fühlte sich überflüssig. „Ich geh wieder rüber." Mit derartigen Problemzonen hatte sie heute nicht gerechnet. Sie wollte Spaß haben.

„Ach, Jule." Esther seufzte lauthals. „Ich weiß, ich habe schon einmal gesagt, dass ich einen Riesenfehler gemacht habe und dann doch nichts geändert. Und ich kann verstehen, wenn du mir nicht glaubst …", sie machte eine gedankenvolle Pause, „aber jetzt trenne ich mich wirklich von Carlos!" Letzteres klang wie ein Schwur.

„Ah ja!?", sagte ich nur. Was das Glauben anging, lag sie gar nicht so daneben.

„Es klappt einfach nicht mit uns. Jeder geht irgendwie seine eigenen Wege."

„Das erinnert mich an was!"

Esther verstand. „Du meinst Harry, nicht wahr? Ja, im Grunde ist meine Beziehung mit Carlos wirklich das Gleiche in *grün*. Am Anfang hätte ich nie geglaubt …", sie brach ab, suchte nach den richtigen Worten, „Carlos hat sich so ins Zeug gelegt für mich. Harry nie."

„Ach Esther, ich weiß es doch! Aber was nützt es, alles wieder aufzuwärmen?" Bloß das nicht! „Sei froh, wenn du wirklich aufgewacht bist!" Ob das so war, würde sich zeigen. Ich glaubte es erst, wenn Carlos seine sieben Sachen packte und aus der Wohnung zog, die immer noch Esther und Harry gehörte.

„Hätte ich damals nur auf dich und Jochen …"

„Komm, das bringt doch nichts!" Mir fehlte das Bedürfnis, alles von vorne durchzukauen. „Hier", ich reichte ihr Trixis vergessene Zigarettenschachtel, „nimm dir eine."

Mit fahrigen Händen bediente sie ihr Feuerzeug. Nach den ersten Zügen wurde sie auffallend ruhiger.

„Worüber habt ihr denn eigentlich gestritten?",
wollte ich wissen.

„Woher weißt du, dass wir gestritten haben?",
fragte Esther konsterniert.

„Ich weiß es nicht, ich vermute es. Hier oben kann
man gut beobachten, und ich habe euch *beobachtet*!"

„Es war reiner Zufall", begann sie, „dass ich
Carlos überhaupt bemerkt habe. Ich wollte zur
Toilette, da rempelte mich jemand von hinten an und
ich dachte schon, dass sei wieder der freche Lümmel
von vorhin. Als ich mich umdrehte, sah ich plötzlich
Carlos, der in die andere Richtung lief. Ich natürlich
hinterher ..." Pause und ein tiefer Zug aus der
Kippe. „Du kannst dir sicher vorstellen, dass ich
mich doch ziemlich gewundert habe, vor allem, weil
ich davon ausging, dass er sich heute mal um
Corinna kümmert." Wieder Pause und der nächste
Sog. „Er hat es jedenfalls versprochen."

„Worüber Corinna mit Sicherheit unheimlich
begeistert war!", konnte ich mir eine ironische
Bemerkung nicht verkneifen.

Darauf ging Esther nicht ein.

„Dann fing er an, über meine verzogene Göre zu
meckern, die ihn sowieso zur Weißglut bringe, weil
sie ständig versuche, einen Keil zwischen uns zu
treiben und ... und ... und ..."

„Stimmt das denn?"

Esther blickte mich erstaunt an. „Was?"

„Dass Corinna euch auseinanderbringen will."

„Quatsch!" Die Möglichkeit kam für sie gar nicht
in Betracht.

Ich hegte so meine eigenen Gedanken. Corinnas
Einstellung war mir bekannt und ich verstand sie

voll und ganz, sie hatte es schwer genug mit einer Mutter, die sich nie entscheiden konnte und einem Vater, der sein eigenes Leben lebte. Hinzu befand sie sich in einem schwierigen Alter und wenn man die Angelegenheit mal von Carlos' Seite betrachtete – was mir zugegebenermaßen bisher nicht in den Sinn gekommen war –, lief es für ihn sicher auch nicht so leicht.

Im Prinzip aber war Corinna nur ein Streitpunkt unter vielen in dieser Beziehung. Die Wahrheit: Das Fegefeuer war erloschen!

Hatte Esther das nun endlich kapiert? Zwar machte sie ein Gesicht wie eine Schlechtwetterfront, aber zu meiner eigenen Verwunderung weniger aus Frust als aus unterdrückter Wut.

Wer sollte noch schlau aus ihr werden? Die Zeiten, bevor Carlos auf der Bildfläche erschien, kamen mir in den Sinn. Wie unkompliziert doch damals unsere Freundschaft war!

Und plötzlich fiel mir wieder ein, dass sie ja übermorgen zu Rüdiger fuhr.

***

Es war schon erstaunlich, wie sich die Dinge entwickelten. Manchmal kam es mir vor, als habe tatsächlich eine unsichtbare Macht alle Fäden in der Hand und leitete uns wie Marionetten in einem unsichtbaren Spiel. Denn das, was am folgenden Tag passierte, konnte man beim besten Willen nicht mehr als Zufall bezeichnen. Es war einfach zu unglaublich …

Nach dem Frühstück meldete Ellen sich. Nicht

telefonisch, sondern höchst persönlich stand sie auf der Matte mit einem Gesicht, als sei ihr ein Ufo begegnet. Der Schreck fuhr mir sofort wieder in die Glieder. Xenia!

„Sag schon!", drängte ich.

Ellen plumpste in den Sessel und fing an zu lachen. Ein seltsames Lachen.

„Mit … hahaha … Xe … Xenia … hahaha …"

Ich starrte sie an, als sei sie irre. „Könntest du dich bitte etwas deutlicher ausdrücken!"

Sie räusperte sich und erklärte mir dann ohne Hahaha: „Xenia ist okay."

„Entschuldige, wenn ich heute Morgen vielleicht nicht genügend Humor aufbringe. Aber du kommst doch nicht zu mir rüber zu einer Zeit, in der du sonst noch im Nachthemd durchs Haus stiefelst, nur um mir zu sagen, dass deine Schwester okay ist!"

„Stimmt! Ich wollte dein Gesicht sehen, wenn du erfährst, dass …" Leider verfiel Ellen wieder in wirres Gekicher.

„Dass *was*? Jetzt rede endlich!" Ich erschrak selbst über meinen ungeduldigen Ton.

Er zeigte Wirkung, Ellen wurde ernst. „Ich weiß jetzt, wer Mirkos Vater ist."

„Hä???" Ich verstand nur *Bahnhof*.

„Du hast schon richtig gehört! Xenia hat ihn gestern Abend gesehen."

„Wen?" Die Aussage hatte mein Gehirn noch nicht erreicht.

„Mirkos Vater!"

Wie gut, dass keine Kaffeetasse vor mir stand, sonst wäre die jetzt in hohem Bogen vom Tisch geflogen.

„Wo, im ...?"

„Ja", fiel Ellen mir mindestens genauso aufgeregt ins Wort."

„Ausgerechnet dort und dann nach Jahren und wieso ...?" Und überhaupt, das gab es doch nicht!

„Ja", rief Ellen, selbst konfus.

Wie Schuppen fiel es mir von den Augen: Xenias plötzlicher Zusammenbruch.

„Sagtest du nicht, der Mann sei aus Frankfurt?"

„Xenia hat ihn zumindest da kennengelernt, ja!"

„Aber wer ist es, *war* es?" Ich versuchte, mir Gesichter vom gestrigen Abend ins Gedächtnis zu rufen.

„Du kennst ihn ..." Ellen machte eine bedeutungsvolle Pause, ich war kurz davor, zu platzen, als sie endlich rausrückte: „Carlos!"

Ich verspürte das Bedürfnis, umgehend in Ohnmacht zu fallen, aber es wollte nicht klappen und war somit gezwungen, das Gehörte bei vollem Bewusstsein zu verinnerlichen.

Es dauerte eine gefühlte Ewigkeit, bis ich meine Sprache wiederfand. „Und Carlos weiß von nichts?"

„Nein, er hat Xenia gar nicht gesehen."

Jetzt war klar, warum die sich gestern kopflos verdrückte.

„Ich kann es nicht glauben!" Fassungslos sinnierte ich über das Ereignis nach.

„Da geht es dir wie mir."

Doch Ellen konnte die Nachricht längst sacken lassen, weil sie den Rest der Nacht bei Xenia verbracht hatte.

„Noch was ...", Ellen kicherte wieder, „Carlos heißt gar nicht wirklich Carlos."

Das konnte mich jetzt auch nicht mehr erschüttern. „Wie *dann*?"

„Carl Oswald."

Mein Zwerchfell kribbelte. „Willst du mich veräppeln?"

„Nö."

„Alter und Nachname stimmen noch?"

„Soweit ich informiert bin, ja."

Dann prusteten wir los. Ein befreiendes Gefühl.

„Man, ist das alles komisch!"

„Kannst du laut sagen."

„Das muss man sich mal überlegen", resümierte ich, „wie lange gehört Xenia schon zur Clique, kennt Esther, die mit Carlos ... äh, Carl Oswald ..." Meine Stimmbänder gerieten ins Schlingern.

„Du hast doch erzählt, wie er anfangs bei den Abenden aufgetaucht ist", fuhr Ellen mit meinen Gedanken fort, „stell dir vor, er wäre noch mal auf die Idee gekommen. Oder zu deinem Geburtstag, und meine Schwester hätte nicht das Problem mit dem Babysitter gehabt ..."

Ich stellte es mir gerade vor, und das lebhaft.

„Was wird sie nun tun?"

„Erst mal den Schock überwinden", erwiderte Ellen.

„Hat sie dir nun auch gesagt, warum Carlos – an Carl Oswald würde ich mich nie gewöhnen – nichts von seiner Vaterschaft weiß?"

„Ja, auch darüber haben wir gesprochen." Ellen hielt inne. „Aber bitte sei mir nicht böse ... Xenia wird es euch selbst erzählen."

„Euch?"

„Esther und dir."

„Die Nachricht haut Esther garantiert aus den Pantinen."

Aber Ellens Gedankengänge wanderten in eine ganz andere Richtung. „Mich interessiert mehr, wie der gute Carlos zu seinem Sohn stehen wird."

„Also wird Xenia ihn aufsuchen?", folgerte ich aus ihren Worten.

„Keine Ahnung. Im Moment jedenfalls ist sie zu sehr durch den Wind."

Durchaus zu verstehen, da war sie nicht die Einzige.

10

Ein denkwürdiger Tag

Nur eine Woche später Woche später feierten wir Oma Lieschens Achtzigsten. Ein denkwürdiger Tag – in jeder Hinsicht.

Opa hatte für seine Frau heimlich ein großes Familienessen im Holderberger *Jägerhof* arrangiert. Die festlich gedeckte Tischreihe in der hinteren Stube war nur für uns reserviert und zum Empfang gab es für jeden geladenen Gast ein Glas Sekt.

Oma standen Freudentränen in den Augen, die Überraschung war Opa echt gelungen.

Esther, Jochen und ich dagegen weinten nicht gerade Freudentränen, als sich Ursula Meier – um Jahre gealtert, seit sie zum letzten Male gesehen – vor uns aufbaute.

„Na Kinder, was gibt's denn so Neues?", dröhnte uns ihre schrille Stimme *(was liebte ich dagegen den Klang unserer Türklingel)* entgegen. „Läuft es mit deiner Firma etwa immer noch?", bombardierte sie meinen Jochen mit einer gewissen und ihr ganz eigenen Ironie, geistreich wie eh und je. „Kann ich mir gar nicht vorstellen!"

Ich merkte, dass Jochen still vor sich hinschluckte, ihm eine passende Bemerkung auf der Zunge lag. Andererseits war die Frau, die ihm solche Frechheiten an den Kopf warf, seine eigene Mutter, und das traf ihn umso härter. Er gab überhaupt keine Antwort.

Super-Mutter Ursula schien das auch gar nicht erwartet zu haben, sofort wandte sie sich ihrer Tochter zu: „Esther! Gräulich bist du geworden, färbst du deine Haare nicht mehr?" Dabei unterzog sie die Ärmste einer eingehenden Betrachtung. „Immer noch mit Carlos liiert? Der Mann könnte dein Vater sein!"

Bei zwölf Jahren Altersunterschied? Da merkte man mal wieder: Ursula konnte höchstens Geldscheine zählen, aber alles andere …?

Esther wurde bleich bis zu den Schuhsohlen. Ansonsten erfolgte von ihr die gleiche Reaktion wie von Jochen.

Dann war ich an der Reihe. „Aha, die Juliane!" Abschätzend wie jedes Mal ließ sie ihren Adlerblick an mir hinabgleiten und ich wartete schon auf einen ihrer *liebevollen* Sprüche.

„Bist mollig geworden, Kind, mein Sohn ernährt dich offenbar gut!"

Jochen, du sagst diesem Maulkaliber jetzt auf der Stelle die Meinung, sonst …! Nur mit Mühe hielt ich meine Zunge in Zaum, doch ob Jochen mir den stummen Aufruf im Gesicht ablas, war fraglich. Selbst wenn … da konnte ich lange warten, bis er sich schützend vor mich stellte.

„Liebste Schwiegermutti", zuckersüß lächelte ich den Drachen vor mir an, „was wäre ich traurig, wäre dir das nicht aufgefallen! Da kannst du mal sehen, wie stolz du auf deinen Sohn sein kannst, dass er *das* schafft."

An ein friedliches, ungezwungenes Gespräch mit

dieser Frau war nicht zu denken. Mit dem Erfolg, dass nicht nur ich Ursula für den Rest des Abends den Rücken kehrte.

„Warum gibst du deiner Mutter eigentlich nicht mal contra?", flüsterte ich meinem Mann zu.

Der gab resigniert zurück: „Wozu?"

„Weil man sich nicht alles gefallen …"

„Lass gut sein, Jule", unterbrach er mich und war nicht gewillt, weiter darauf einzugehen.

„Mich trifft sie aber auch mit ihren Spitzen", versuchte ich ihm klarzumachen.

„Du bist in der Lage, dich zu wehren", Jochens ganzer Kommentar.

Er nicht? Wenn ich eingehend darüber nachdachte: Wann hatte er jemals Partei für mich ergriffen? Immer hielt er sich schön aus allem heraus. Vom Prinzip her sicherlich nicht verkehrt, aber was war mit der Solidarität unter Eheleuten? Ich verspürte plötzlich einen bitteren Beigeschmack.

Jochen sagte auch nichts, als ausgerechnet Ursula monierte, dass Corinna mit ihrem langen Gesicht anderen die Stimmung vermiese und Nadine, statt artig auf ihrem Stuhl festzukleben – unerzogen wie sie sei – dauernd den Tisch umkreise und dabei auch noch johlte.

Da wurde ich sauer und stand auf.

„Wo willst du hin?", fragte Jochen.

„Lass mich!", zischte ich, worauf er die Schulter zuckte und mich in Ruhe ließ.

Esther blickte herüber. Sie bemerkte wohl meinen Zorn und folgte mir zu den Toiletten. „Hast du dich gerade mit Jochen gestritten?"

„Ich bin stinkwütend!", gab ich unbeherrscht

zurück und wollte dann von ihr wissen: „Warum lasst ihr euch von dieser Frau so runterbuttern? Nur ich mach den Mund auf und …"

„Reg dich nicht auf, ist die Sache nicht wert", versuchte sie mich zu beruhigen.

„Nicht wert?", eiferte ich mich immer noch. „Du bist gut! Hast du nicht gehört, wie sie über uns und unsere Kinder spricht? Und keiner sagt was, das bringt mich zur Weißglut!"

„Ich versteh dich ja", gab Esther betreten zurück, „aber jeglicher Einwand würde nur zu Streit führen und Omas Feier versauen."

Das war mir natürlich bewusst und der Grund, warum ich mit meiner Wut das Klo aufsuchte, statt mich mit meiner Schwiegermutter vor der ganzen Verwandtschaft in einem Wortgefecht zu messen. Ließe ich mich jetzt von Emotionen leiten, wäre das unverzeihlich. Schließlich sah ich ja, wie sehr Oma sich freute, dass alle eigens zu ihrem großen Tag gekommen waren.

Opa wusste, wie gern sein Lieschen ihre Lieben um sich hatte. Da die Sippe verstreut im ganzen Land wohnte und die eigene Zweizimmerwohnung aus Platzgründen keinen großen Logierbesuch beherbergen konnte, hatte er ihr zum festlichen Anlass eine besondere Freude machen wollen und zusätzlich für alle Auswärtigen Zimmer im *Van der Valk* gebucht.

Oma Lieschen saß selbstverständlich am Kopf der Tischreihe. Zu ihrer Rechten: Opa, Sohn Kurt und Schwiegertochter Gerlinde aus Hamburg, Sohn Max mitsamt seiner Angetrauten Waltraud – eigens aus München angereist –, dann Esther und Corinna. Zur linken Seite platzierten sich mein Schwiegerdrache mit ihrem *schlanken* Ehemann Nummer fünf namens Oskar, dem sie permanent über den Mund fuhr, wenn er etwas sagen wollte, dann deren beider Töchter Judith und Ulrike und als Schlusslicht: Familie Jochen Hentschel.

Nicht, dass mir das entgegengesetzte Ende der Reihe etwas ausmachte, aber wir verdankten es ausschließlich Ursula, die einfach sämtliche Tischkarten mit dem Argument: „Wir sind eine Familie, was brauchen wir da diese dummen Schilder!" entfernt und gleichzeitig ihren Brüdern samt Ehefrauen die Plätze zugewiesen hatte.

„Ach, übrigens …", ergriff der Drache wieder das Wort und rief schonungslos in die Runde, „hat Esther euch schon gesagt, dass die Scheidung durch ist?"

„Mutter, das ist nun wirklich nicht der richtige Moment …!"

„Papperlapapp!", fuhr Ursula dazwischen, „innerhalb der Familie darf das jeder wissen!"

„Ich möchte aber nicht, dass du …"

„Kind, hab dich nicht so! Wir haben doch keine Geheimnisse voreinander, oder?"

Esther schaffte es nicht, ihre Mutter in die Schranken zu weisen. Sie saß da wie ein gemaßregeltes Kleinkind und kämpfte mit ihrer Wut – wie ich eben.

„Der gute Harry will ja auch wieder heiraten, da wird es Zeit, dass …"

Esther sah aus, als habe sie einen Stromschlag erhalten. Die weiteren Worte Ursulas nahm sie gar nicht mehr wahr. Alle Blicke richteten sich auf ihre zusammenzuckende Gestalt.

Auch meiner. Das war eine sagenhafte Neuigkeit! Wieso sah Esther so elend aus? Sie hielt sich doch Carl Oswald und war zudem dabei, meinen Cousin zu verschleißen. Und doch gewann ich den Eindruck, sie sei gerade aus allen Wolken gefallen.

„Esther scheint gar nichts zu wissen. Seht nur, wie überrascht sie ist!" Die eigene Mutter sprühte vor Schadenfreude.

Esther wurde stocksteif. Corinna rannen Tränen über die Wangen. Aber Ursula Meier interessierte nicht, was sie mit ihren Worten anrichtete.

„Darf man fragen, aus welcher Quelle deine Informationen stammen?", schaltete Jochen sich jetzt tatsächlich ein – wenn ich richtig hörte, mit gefährlichem Unterton.

Ursula ignorierte es. „Von Harry natürlich, von wem sonst! Meine Kinder ...", dabei warf sie einen vernichtenden Seitenblick zu Esther, „halten es ja nicht für nötig, mich zu informieren."

„Soso, Harry hat *dich* also angerufen?", erwiderte Jochen zynisch. Jedem hier musste die schiere Verachtung für die Frau, die ihn einst zur Welt brachte, auffallen.

„Nein, *ich* habe ihn angerufen!"

„Warum tust du das, Mutter?" Esthers Stimme glich einem Krächzen.

Ursula Meier überhörte den Einwand. Rücksichtslos tönte sie weiter: „Es hat mich interessiert, warum er nicht um seine Frau kämpft, wie sich das gehört."

„Und was bitte geht dich das an?" Esther hatte genug – endlich kam Leben in sie – und sprang auf. „Nie hast du dich um meine Belange gekümmert.

Du hast kein Recht ..." Angeekelt brach sie ab. „Corinna, komm!" Sie packte das Mädchen am Arm und zog es mit sich.

Dann ging sie zu Oma rüber, die einem Herzinfarkt nahe war und verabschiedete sich: „Es tut mir leid, dass dir dein großes Fest nun verdorben ist, aber unter diesen Umständen wirst du verstehen, wenn ich gehe." Abbittend umarmte sie Oma Lieschen und Opa Karl und verließ blicklos die Stätte ihrer Demütigung.

Wir saßen da wie vom Donner gerührt. Dann stand Jochen wortlos auf, ging ebenfalls zu Oma, flüsterte ihr etwas ins Ohr, was ich aber nicht verstehen konnte und deutete mir, die Mäntel zu holen.

Ich kam gar nicht dazu, mich zu verabschieden, Jochen zog mich mit Nadine auf dem Arm aus dem Lokal hinaus in die Kälte des Novemberabends.

Zurück blieb der nun lauthals diskutierende Rest der lieben Verwandtschaft.

Im Auto schimpfte Jochen ununterbrochen und titulierte die Frau, die sich biologisch gesehen seine Mutter nannte, mit den schlimmsten Beleidigungen, die einem überhaupt einfallen konnten.

„Lass uns zu Esther fahren", bat ich.

„Glaubst du, die will jetzt jemanden sehen?"

„Weiß nicht, lass uns trotzdem hinfahren!"

Fünfmal musste Jochen Sturm klingeln, bis der Summer tönte. Corinna öffnete tränenüberströmt die Wohnungstür und gab wortlos die Schwelle frei. Wir fanden Esther im Wohnzimmer. Sie saß in ihrem Schaukelstuhl und starrte teilnahmslos aus dem Fenster.

„Wir sind es", sagte ich leise.

Esther drehte den Kopf, nickte und schaute wieder hinaus.

Jochen entwickelte ein unerwartetes Feingefühl. „Ich glaube, meine Schwester lässt sich lieber von *dir* trösten." Er ließ Esther und mich allein, nahm Nadine und kümmerte sich um Corinna.

„Wo ist Carlos?", fragte ich vorsichtig.

„Schläft im Laden", antwortete Esther unbeteiligt.

„Habt ihr wieder gestritten?"

Sie schüttelte den Kopf. „Nein, ich hab ihm gesagt, dass es aus ist."

„Du hast wirklich …?"

Esther nickte schwach. Ihre Augen glänzten im Tränenfluss.

„Wegen Rüdiger?" Ich nahm mir die Freiheit und bediente mich am Barfach der klobigen Schrankwand. Ah, Cognac! War jetzt genau das richtige – nicht nur für Esther, die mich verdutzt anstarrte.

„Wie kommst du auf Rüdiger?", fragte sie.

Ich blieb die Antwort schuldig und hielt ihr stattdessen den Cognac hin. „Hier, trink das!"

„Mag nicht", wehrte Esther trotzig wie ein Kleinkind ab.

„Komm schon, wirst sehen, das hilft!"

„Nur, wenn du einen mittrinkst!"

„Am besten, wir leeren gleich die ganze Pulle. Aber erst ...", ich holte tief Luft, „möchte ich wissen, was mit Rüdiger läuft!"

„Was soll denn da laufen?", rief sie erschrocken.

Ich erzählte ich ihr von Tante Amandas Anruf.

„Ach so." Jetzt lächelte sie sogar. Offenbar wusste sie, um wen oder was es hier ging. „Rüdiger und ich haben ein paar Mal telefoniert. Dabei hat er mir von seiner neuen Freundin erzählt, die zufällig auch Esther heißt. Ist doch nichts dabei. Wir verstehen uns gut, das ist alles."

Mir fiel ein Stein vom Herzen, ich nahm Esther in den Arm und entschuldigte mich für meine Verdächtigungen.

Doch die war mit ihren Gedanken ganz woanders. „Glaubst du, es stimmt?"

„Was?"

„Harry …" Esther verschluckte sich.

„Uns gegenüber hat dein Mann nichts davon erwähnt." Ich konnte mir auch nicht vorstellen, dass Harry sich so schnell an eine andere Frau band.

„Mein Mann … wie das klingt!"

„Wieso? Ist er doch!" Mit festem Blick fügte ich hinzu: „Und das wird er auch bleiben!"

„Wir sind inzwischen geschieden!", erinnerte Esther resigniert.

„Na und, das heißt doch nicht, dass man es nicht noch mal miteinander versuchen kann", hielt ich dagegen.

„Ach, ist ja auch egal!" Sie prostete mir zu und trank das Zeug in einem Zug runter.

„Wir sind unter uns, jetzt raus mit der Sprache!" Ich kannte Esther lange und gut genug, um zu erkennen, was wirklich hinter ihrem Frust steckte. Mit Sicherheit nicht nur die anmaßenden Sprüche des Drachen.

Und Esther wusste, dass ich sie von Grund auf durchschaute, trotzdem tat sie, als verstünde sie nicht.

„Gib zu, dass du Harry zurückhaben willst! Vor

allem vor dir selbst!"

„Ja, ja, ja!", stöhnte sie da auf. „Aber es ist alles so verfahren." Sie stockte und bekannte dann: „Weißt du, ich sehe die Beziehung mit Carlos nicht als Fehler an, aber ich sehne mich unterschwellig die ganze Zeit nach … Harry. Als meine Mutter eben davon sprach, er werde neu heiraten, ist mir hundeelend geworden."

„War dir anzusehen. Aber glaube mir, es wird alles gut!", prophezeite ich voller Überzeugung.

„Carlos kann nichts dafür, dass ich mich nie entscheiden konnte. Und …", fügte sie hinzu, „er hat eine Menge für mich getan." Sie leerte bereits das vierte Glas.

Xenias Gestalt tauchte vor meinem geistigen Auge auf. „Ich muss mal eben telefonieren. Darf ich?"

„Natürlich, da brauchst du doch nicht fragen! Du weißt ja, wo es steht."

Ich nahm den schnurlosen Apparat von der Ladestation, ging in die Küche und schloss hinter mir die Tür ab, sehr wohl darauf bedacht, dass weder Esther noch Jochen oder Corinna etwas von dem Gespräch mitbekamen.

***

Ich sagte ja, ein denkwürdiger Tag – in jeder Beziehung!

Esther schaute verwirrt, als es klingelte und kurz darauf Xenia im Zimmer stand.

Bevor Xenia etwas erklären konnte, gab ich zu: „Ich habe sie gebeten, herzukommen!"

„Warum?" Esther verstand denn Sinn nicht. Wie sollte sie auch?

„Weil der Zeitpunkt ist, dir eine Geschichte zu erzählen", erwiderte Xenia.

„Eine *was*?" Esther war viel zu fertig, um einen klaren Gedanken zu fassen.

Jochen kam aus dem Kinderzimmer. „Was ist denn hier für eine Versammlung?" Natürlich wunderte auch er sich über Xenias plötzliche Anwesenheit, denn ich hatte ihm noch nichts erzählt.

„Die Stunde der Offenbarung!", kommentierte ich und erntete den gleichen wirren Blick wie von Esther.

„Ach, und darf man fragen, was offenbart wird?"

„Du darfst", gestattete Xenia mit einem geheimnisvollen Lächeln.

„Na, dann schieß los!"

Xenia setzte sich Esther gegenüber in den Sessel und begann – zunächst stockend, dann immer flüssiger – angefangen mit dem Schock, den sie vor ein paar Tagen im *PM* erlebt hatte. „All die Jahre habe ich mir jeden Gedanken an ihn verwehrt …"

Esther unterbrach Xenia mit keiner Silbe. Sie lauschte atemlos dem, was ihr da zugetragen wurde. Es war unfassbar.

„Bei Nacht und Nebel bin ich aus Frankfurt verschwunden, als diese Frau, Carl Oswalds Ehefrau, bei mir auftauchte und mich als Flittchen beschimpfte, dem es nie gelingen würde, ihr den Mann wegzunehmen." Xenia machte keinen Hehl daraus, wie schwer ihr die Vergangenheit auf der Seele lag. „Zu dem Zeitpunkt war ich bereits schwanger und wusste nicht einmal, dass er verheiratet war …"

Sie schalt sich selbst als sensibles, dummes Ding, dem damals nicht klar war, was es bedeutete, freiwillig auf sämtliche Rechte zu verzichten. Doch die Demütigung, die ihr widerfahren war, wog so schwer, dass sie nur noch wegwollte – weit weg von Carl Oswald.

Es war still im Raum, man hätte eine Stecknadel fallen hören können. Jochen stand der Mund offen. „Das ist …", weiter kam er nicht.

Esther stand auf. Ein merkwürdiges Lächeln umspielte ihre Gesichtszüge, als sie Xenia wortlos in die Arme nahm und freundschaftlich drückte.

Jochens Mund glich einem Fisch mit Schnappatmung. „Alles in Ordnung mit dir, Schwester?" Ihr Verhalten erschien ihm unheimlich.

Esther lachte befreit. „Ich habe mich noch nie so gut gefühlt und ich bin froh", sie horchte in sich hinein, „einfach nur froh!"

„Ich wusste nicht, ob ich es dir sagen sollte. Ich hatte Angst, dass du …", stammelte Xenia, doch auch ihr stand die Erleichterung deutlich im Gesicht.

Wie aus dem Nichts gewachsen stand Carlos im Türrahmen.

„Ich hab's mir überlegt, ich hol meine Sachen am Sam…" Das war der Moment, in dem er die Frau in Esthers Arm wahrnahm. Sein Teint wurde aschfahl.

Hatte er Halluzinationen? Spielten ihm seine Augen einen derben Streich?

„Xenia!?!?!?" Wie in Trance ging er auf sie zu.

Seine Rechte berührte vorsichtig ihre Haut, so als habe er Angst, die zarte Frauengestalt könne umgehend zu Staub verfallen. Zärtlich nahm er ihr

Gesicht zwischen seine Hände. „Bei Gott, du bist es *wirklich*!" Tränen liefen über seine Wangen.

Xenia stand wie vom Blitz getroffen. Starr ließ sie sich von Carlos abtasten, doch man sah ihr an, was für ein Orkan in ihrem Inneren tobte. Sie schloss die Lider in der Hoffnung, dieser wunderschöne Traum ginge nie zu Ende.

„Xenia, Xenia!"

Doch es war kein Traum. Carlos lachte und weinte in einem.

Nicht nur Jochen und ich staunten über Carlos' Gefühlsausbruch, den wir bei ihm nie für möglich gehalten hätten, selbst Esther zeigte sich so ergriffen, dass ihr eigener Frust in Sekundenschnelle schwand.

Wir Umstehenden verließen leise das Zimmer, zwischen Carlos und Xenia gab es eine Menge zu klären.

Nahezu beschwingt ging Esther in die Küche und setzte Kaffee auf. „Ich fürchte, die arme Xenia war damals viel zu voreilig."

„Wirklich alles okay mit dir?" Jochen begann sich Sorgen um seine Schwester zu machen. Er konnte ja nicht ahnen, was Esther mir vorhin gestanden hatte.

„Alles okay!", versicherte sie lächelnd. „Wenn Xenia Carlos die Möglichkeit zur Rechtfertigung nicht entzogen hätte, dann wäre ihr viel Leid erspart geblieben. Aber wie das so ist im Leben ...", sie wurde sehr ernst, „wenn das Wörtchen *wenn* nicht wäre."

„Jochen sorgt sich auch, Esther. Was ist nun mit deinem *wenn*?"

„Du gibst keine Ruhe, was?", schmunzelte sie.

„Erwartest du das denn?", gab ich keck zurück.

„Nicht wirklich", antwortete Esther und versprach feierlich: „Ich werde tun, was ich tun muss!"

Wäre mein Jochen Brillenträger, wäre ihm jetzt der Kitt aus selbiger gefallen. „Ich glaube es nicht: Da drin versöhnt sich der Freund meiner Schwester mit der Mutter seines Sohnes und …"

„Deine Schwester hat sich einen Neuanfang mit deinem Schwager vorgenommen", vollendete ich.

„Dieses Durcheinander hält ja kein Mensch aus", stöhnte Jochen.

„Vielleicht sollte das Ganze einfach so sein", schwelgte ich in esoterischen Phrasen.

„Höhere Gewalt, wie?" Das war Corinna, die schon eine ganze Zeit schweigend dagestanden haben musste, ohne dass es einem von uns auffiel. Jetzt zeigte sie einen deutlichen Vogel, das Ganze war ihr zu hoch.

Esther wollte etwas sagen, doch sie verschwand wieder in ihr Zimmer – die Alten hatten doch 'nen Schaden! – und stellte ihre Anlage auf volle Dröhnung.

„Corinna ist auch wieder okay!", diagnostizierte ich.

„Ich auch!", betonte Esther noch einmal und dann tranken wir drei erst eine schöne heiße Tasse Kaffee und warteten, bis sich die Wohnzimmertür öffnete.

***

Wer war es eigentlich, der behauptet hatte, der erste Eindruck, den ein Mensch hinterließ, sei der richtige? Ehrlich gestanden, was das anging, blickte ich nicht mehr durch.

Wo war meine Menschenkenntnis geblieben? Erst lernte ich Harry jahrelang als mürrischen, in sich gekehrten Einzelgänger kennen, der sich unerwartet unter Einfluss seiner eigenen Unbeholfenheit in einen offenen und Hilfe suchenden Charakter verwandelte. Dann ordnete ich Carlos den Machos dieser Nation zu und musste nun auch diesen Eindruck revidieren.

Der Carlos, der nun in der Küche erschien, konnte unmöglich derselbe sein, wie der, den ich bis dato kannte.

„Jule, ich möchte dir danken!" Überschwänglich schüttelte mir der zukünftige Exfreund meiner Schwägerin die Hände.

Perplex starrte ich ihn an. „Mir?"

„Du warst es doch wohl, die Xenia hergeholt hat! Sonst hätte ich wahrscheinlich nie das Wichtigste meines Lebens erfahren." Er warf Xenia, die leise neben ihn getreten war, einen zärtlichen Blick zu, sie leuchtete voll unverhofften Glücks aus allen Poren.

Carlos drückte mir einen freundschaftlichen Kuss auf die Wange.

Dann wandte er sich zu Esther. „Bitte sei mir nicht böse, ich …!"

„Pst!" Sie legte ihm den Finger auf die Lippen. „Du brauchst dich für nichts zu entschuldigen, du konntest genauso wenig wie ich vorausahnen, wie sich die Dinge entwickeln." Sie schenkte ihm ein verständnisvolles Lächeln. „Lass uns Freunde bleiben, ja!?"

Sie umarmten sich stumm, reichten sich noch einmal die Hände. Vielleicht war das ja wirklich der

Beginn einer wunderbaren Freundschaft.

Das frischgefundene Paar verabschiedete sich. Carlos wollte so schnell wie möglich seinen Sohn kennenlernen.

„Viel Glück!", rief Esther ihnen hinterher und meinte es absolut ehrlich.

11

Auf ein Neues ...

Was war denn das jetzt wieder? Wieso tat Harry, als wüsste er nicht, wovon ich rede, als ich ihn fragte, ob er neu zu heiraten gedachte. „Von wem hast du die Information?", fragte er, wobei seine Stimme vor Ironie triefte.

„Drache." Mehr brauchte ich nicht sagen.

„Ach, herrje!"

Sein Gesicht konnte ich nicht sehen, aber mir gut vorstellen, welche Grimasse er am anderen Ende der Leitung zog. Harrys Beziehung zu seiner Ex-Schwiegermutter war die gleiche wie meine.

„Glaubst du's?", forschte er.

„Deshalb ruf ich an! Ich hätte mir nur gewünscht, du teilst es uns mit, bevor eine Ursula daherkommt und tiefe Krater hinterlässt."

„Wie meinst du das?"

„Na, wie wohl … du hättest Esther mal sehen sollen …!" Ich berichtete ihm, was sich im Lokal abgespielt hatte.

Harry schien sehr aufmerksam zuzuhören. „Was ist mit Carlos?", hakte er nach, als ich geendet hatte.

„Sie sind in Freundschaft auseinandergegangen", tat ich kund. Ob ich ihm auch den weiteren Verlauf schildern sollte? Doch ich besann mich. Esther hatte sich etwas vorgenommen, es lag einzig in *ihrer*

Hand.

„Allerdings, mein Guter, wollte ich mit dir nicht über Esther reden, sondern wissen, was dran ist an Ursulas Gerüchtebrei", erinnerte ich an den Grund meines Anrufes.

Seine Stimme klang plötzlich seltsam, prompt folgte ein entschlossenes: „Es stimmt, Jule! Was Ursula angeht: Sie rief mich an, das ist richtig, aber mit *ihr* habe ich garantiert *nicht* über meine Pläne gesprochen. Warum sollte ich? Außerdem", er machte eine bedeutungsvolle Pause, „wusste ich es zu dem Zeitpunkt selbst noch nicht!"

„Ach", grummelte ich, „aber *jetzt* weißt du es?" Ich war enttäuscht.

„Nun weiß ich es, ja", verkündete Harry unbekümmert, „und du ...", wieder Pause, „sollst meine Trauzeugin sein!"

„Nee, Harry, tut mir leid, dafür wirst du dir bitte jemand anders suchen müssen."

Harry ließ sich nicht beirren. „Das sagst du *jetzt*. Warte ab, bis du meine Braut kennenlernst!"

„Wer ist denn die Glückliche? Habe ich ihren Namen schon mal gehört zwischen deinen letzten Eskapaden?" Ich versuchte, gleichgültig zu klingen.

„Bestimmt!", erwiderte Harry geheimnisvoll, ließ sich aber zu keiner weiteren Aussage bewegen.

***

War unser letzter Frauenabend wirklich erst einen Monat her? Das Treffen, mit dem ja eigentlich alles im Leben von Esther wie auch Xenia einen neuen Verlauf nahm. Die Zeit kam mir unendlich lang vor und das wiederum lag wahrscheinlich an den Ereignissen, die sich zugetragen hatten.

Heute verlief unser Mädels-Freitag endlich mal wieder ohne besondere Vorkommnisse. Dachte ich zumindest, denn zunächst deutete nichts daraufhin, dass an diesem Abend schon wieder etwas passieren würde.

Die Wogen zwischen Elvira, Heidrun und Esther schienen auf einen Schlag geglättet, als Xenia nun offen in der Runde ihre Geschichte erzählte. Trixi fiel vom Glauben ab – das sei ja wie im Kino – und Elvira freute sich sehr für Xenia und wünschte ihr nur das Allerbeste für die Zukunft. Heidrun lachte befreit, habe sie doch insgeheim damit gerechnet, dass sich diese Clique sehr bald – natürlich *nur* wegen dem ganzen Hickhack um Esther und Carlos! – auflöste. Jetzt freute sie sich, dass alle Querelen beseitigt waren.

Wir belagerten wieder das *Fiddlers*. Lange her, seit wir das letzte Mal hier waren. Aber ich erinnerte mich, dass es jener Abend gewesen war, an dem Esther überraschend mit Carlos auftauchte. Schnell verdrängte ich die Begebenheit. Ich war froh, dass sich soweit alles zum Guten gewandt hatte.

Das Einzige, was noch im Argen lag: Wen heiratete Harry? Seit dem Telefonat hatte ich nichts mehr von ihm gehört. Würde er wenigstens vorher Esther und Corinna informieren?

Eine junge Frau, offenbar irischer Herkunft, wie man an ihrem gebrochenen Deutsch unschwer hörte, jonglierte gekonnt ein Tablett Guinness an unseren Tisch.

Trixi schielte wie immer nach irgendwelchen

Sahneteilchen, sprich: knackiger Hintern, grades Gebiss mit weißen Zähnen, große, breite Statur – aber bitte nicht *zu* breit! – und wenn's ging, möglichst viele dunkle Haare auf der Brust. *(Nur gut, dass die Frau nicht so viele Ansprüche stellte!)*

Ellen kippte das Bier auf ex runter, sie dachte an Burkhard, der in letzter Zeit nur noch meckerte, weil sie ihn so oft alleine ließ. Wohin diese ständigen, merkwürdigen Treffen mit den ganzen Weibern führten, sah man ja daran, dass er plötzlich diesen Carlos als Schwager serviert bekam. Ihr entfuhr ein Rülpser. „Hoppla!"

„Ich glaube, du brauchst was Vernünftiges im Magen", lachte Esther und meinte zu mir: „Oder möchtest du Ellen nachher zum Auto tragen?"

„Bloß nicht", tat ich theatralisch, „ich habe wahrhaftig genug auf dem Buckel!"

Ellen kicherte angeschickert: „Die Moerser Stadtmusikanten, hihi!"

„Da fehlen aber noch zwei Exemplare", gab Xenia ausgelassen obendrauf.

Alle lachten. Tolle Stimmung am Tisch, locker und gelöst wie zu Urzeiten, bevor ein gewisser handgeschriebener Büttenbrief alles veränderte. Nur, dass damals noch keiner Ellen und Xenia kannte. Und was so ein paar kleine Druckzeilen im städtischen Anzeigenblatt doch für Verkettungen mit sich ziehen konnten, ging, zumindest in unserem Fall, wohl kaum mit rechten Dingen zu!

Eine aufkommende Unruhe ergriff von mir Besitz. Nur warum? Ich blickte in die Runde. Esther witzelte – ich glaubte es kaum – mit Heidrun und Elvira. Trixi taxierte bereits eine Weile die gewisse maskuline Erscheinung im umstehenden Jagdrevier. Xenia und Ellen gaben sich einen schwesterlichen Schlagabtausch, weil Ellen – so Xenia – viel zu schade für einen Mann wie Burkhard sei. Ich hoffte inständig, dass sich da jetzt nicht die nächste Ehekrise anbahnte, sonst war ich wirklich reif für die Klapsmühle.

Keine bekam es mit, nur Elvira und ich, weil wir mit dem Gesicht zur Tür saßen: Der Mann, der den Pub betrat, sah blendend aus. Ein *Sahneteilchen* in Vollendung! Gut, dass Trixi ihn nicht sehen konnte, sie saß rücklings zu ihm.

Der Mann lächelte amüsiert, als sein Blick unsere Ecke traf. Selbstsicher grüßend hob er die Hand und steuerte gezielten Schrittes zu der langen Theke, vor der er sich lässig an einen Hocker lehnte und etwas bestellte.

Elviras Augen erstarrten. Sie öffnete den Mund, machte eine unkontrollierte Kaubewegung, wollte etwas sagen. Gerade noch rechtzeitig versetzte ich ihr einen Stoß mit dem Arm und der Ton verhallte im Rachen.

Die Kellnerin brachte eine neue Runde Guinness.

„Nanu", wunderte Esther sich, „sie sind aber sehr aufmerksam zu den Gästen!"

„Die Getränke werden ausgegeben", berichtigte sie Esthers Annahme in niedlichem Akzent.

„Von wem?", fragte Trixi in der Hoffnung, es handele sich um ihr *Sahneteilchen*, das im rechten Blickwinkel zwei Tische weiter gerade einen Glimmstängel zündete.

Die Kellnerin aber zeigte auf den schwarzhaarigen Mann an der Theke, der bei seinem Eintritt herübergewunken hatte.

Neugierig flogen alle Köpfe in seine Richtung.

„Aber das ist ja Harry!", rief Trixi laut.

Esthers Teint wechselte die gesamte Farbpalette rauf und runter.

„Na, so was!", begann ich den letzten Akt dieses Theaterstückes und tat, als hätten wir gerade eine neue Eroberung gemacht. „Der Typ sieht doch dufte aus, findet ihr nicht?"

„Hatten wir das Ganze nicht schon mal?", blökte Elvira, die für das Spielchen absolut nichts mehr erübrigen konnte.

Eine Frau, hellblond – aus der Entfernung war nicht auszumachen, ob die Farbe echt oder vom Friseur war –, gleiche Größe wie Esther und bildhübsches Gesicht, betrat die Szenerie und ließ sich auffallend direkt und dicht neben Harry nieder. Er lächelte sie zur Begrüßung aufreizend an, küsste sie und legte den Arm um ihre Schultern.

Esther – die Farbskala stand gerade bei kalkweiß – war fix und fertig. Hilflos blickte sie mich an, hoffend, ich wüsste für das, was sich augenblicklich abspielte, eine Erklärung.

Leider war auch mir schleierhaft, was Harry, der trotz femininer Gesellschaft zu uns herübergaffte, hier aufführte.

„Was soll der Scheiß?", mokierte Elvira sich.

Trixi war es schließlich, die aufstand und auf dem Weg zu ihrem Adonis, mit dem sie jetzt lange genug Blicke getauscht hatte, Harry und seine Begleitung begrüßte. Worte waren nicht zu hören, dafür Trixies Gelächter.

„Was macht die da?", schimpfte Esther.

„Kommt Carlos vielleicht auch noch?", mäkelte nun auch Heidrun wieder.

Sofort fühlte Esther sich von der Bemerkung angestachelt, brachte jedoch nur ein zittriges: „Ich … ich wusste doch gar nicht, dass … äh!" zustande. Sie war vollkommen durcheinander, drehte sich zu mir herum und flüsterte hilflos: „Jule, weißt du, wer die Frau ist?"

Ich schüttelte den Kopf, hätte ja selber zu gerne gewusst, wer das war und hoffte inständig, nicht ihre Nachfolgerin.

„Möchtest du lieber nach Hause, Esther?", fragte Xenia mitfühlend. Wenn es eine gab, die Esthers Situation nachvollziehen konnte, dann *sie*.

„Nein, jetzt erst recht nicht!" Esthers Kampfgeist schien erwacht. „Wisst ihr was, ich werde ihn jetzt einfach fragen!"

„Vielleicht wartet Harry bloß darauf!", spekulierte Ellen.

Wie ein trotziges Kind warf Esther den Kopf in den Nacken, blieb aber sitzen.

„Worauf wartest du?", drängte ich, bevor sie wieder ganz in die alte Lethargie verfiel.

„Erst brauche ich was zu trinken!"

In dem Moment kam Trixi zurück und strahlte über beide Wangen. „Darf er rüberkommen?"

„Hat er dich gefragt?" Esther war dermaßen neben der Spur, dass sie das Missverständnis nicht merkte.

„Ich schätze, Trixi meint nicht Harry", widersprach ich sachte.

„Nee, ich rede von Olaf!" Sie blickte nach rechts, wo dieser sehnsüchtig auf etwas zu warten schien. Ich vermutete, sie hatte versprochen, ihm einen

Wink zu geben, wenn die Luft gut genug zum Rüberkommen war.

„Ach so." Esther sackten die Schultern.

„Nun geh schon!", wiederholte ich.

„Und die Blonde?"

„*Du* bist seine Frau! Steh drüber!", riet Ellen.

„Ich kann nicht."

Jetzt reichte es mir. Heimlich gab ich Harry ein Zeichen und hoffte, dass er verstand. Wie auf Kommando setzte er sich in Bewegung.

„Na, endlich!", stöhnte Trixi.

Esther wusste nicht, wo sie hingucken sollte.

„Hallöchen!", benutzte Harry Esthers sonst gern genommene Begrüßungsformel. „Nett, dass ich mich zu euch gesellen darf."

„Wo ist dein Blondchen?", stichelte Esther. Sie hatte eher als ich bemerkt, dass die Frau scheinbar schon wieder verschwunden war.

Der Groschen bei mir fiel langsam, dafür deutlich: Harry, der alte Fuchs! Welche Gage mochte er ihr bezahlt haben?

Harry überging Esthers Frage mit einem tiefen Blick in ihre Augen. Man konnte förmlich sehen, wie ihr abwechselnd heiß und kalt wurde. Zudem hockte sie da wie ein hypnotisiertes Kaninchen.

Jede von uns spürte die knisternde Spannung zwischen den beiden.

Die wäre wahrscheinlich auch noch ein bisschen erhalten geblieben, hätte Elvira nicht wieder einen ihrer zeitlich völlig unpassenden Kommentare abgegeben. „Da soll noch einer den Durchblick behalten? Erst baggert die Frau mit Carlos rum, während Harry zu Hause sitzt, dann mit Rüdiger, während Carlos zu Hause sitzt und dann wieder mit Harry …!"

„Ich kann dich beruhigen, heute sitzt keiner bei mir zu Hause!", brauste Esther auf.

Der schöne Augenblick jedenfalls war dahin.

„Warum kannst du nicht einfach den Mund halten?", hielt auch Trixi Elvira vor. „Hast du gar kein Feingefühl?"

Elvira funkelte zornesrot in die Runde. „Wisst ihr was … mir reicht es, und zwar gewaltig!" Brüsk erhob sie sich von ihrem Stuhl.

„Elvira, was soll das denn jetzt?", versuchte ich sie zur Besinnung zu bringen.

Sie schnaubte sich vor Wut eine kitzelnde Haarsträhne aus der Stirn, riss mit einem zynischen „Ihr könnt mich alle mal!" ihre Jacke von der Lehne, drehte sich hocherhobenen Hauptes auf dem Absatz um und strebte versteinerten Blickes aus dem Lokal.

„Findet ihr das gut?", haute nun auch noch Heidrun in die Kerbe.

„Was hast *du* denn jetzt für ein Problem?", ranzte Trixi, die in Anbetracht der Umstände davon absah, ihren Olaf in unsere Gemeinde einzuführen, sie an. „Kannst ja gerne hinterherlaufen!"

Womit sie erreichte, dass Heidrun genau dies tat.

Na, super! Natürlich lag es wieder an mir, morgen Elvira und Heidrun anzurufen, um sie zu beruhigen.

„Das wollte ich nicht", entschuldigte Harry sich für diese Zwischeneinlage.

„Du kannst gar doch nichts dafür", sagte Esther sonderbar weich. „Die regen sich schon wieder ab."

„Wahrscheinlich stehen sie draußen und warten, dass wir rauskommen."

186

„Trixi, lass gut sein!"

„Ist doch wahr!", motzte die, beruhigte sich dann aber und ging hinüber zu ihrem Olaf.

Harry legte seine Rechte auf Esthers Hand. „Ich muss mit dir reden!"

Esthers Gesicht glich farblich einer überreifen Tomate. „Ja?"

„Jetzt!"

In ihrem Magen herrschte ein Luftverkehr wie in der Einflugschneise des Düsseldorfer Flughafens, ihre Beine wackelten wie Pudding und in ihren Augen stand Ungläubigkeit und Strahlen zugleich.

„Komm!", forderte Harry Esther zum Gehen auf.

Genau der Ton, den er schon viel früher hätte anschlagen sollen, wie ich fand.

„Übrigens", wandte er sich noch einmal zu mir um und zwinkerte: „Weißt du nun, wen ich zu heiraten gedenke?"

Und bevor Esther auf die Idee kommen konnte, etwas einzuwenden, verschloss er ihre Lippen mit einem langen, lahmlegenden Kuss.

Daniela Mimm

Der Zwanzig-Minuten-Mann

witzig **spritzig** **frech**

Paperback und E-book

Eine kaputte Ehe und kein Job, eine Wohnung, aus der sie vertrieben werden soll und ein Sohn, der nichts „anbrennen" lässt. Kurz: Tessa Hofnagel hat alles, was *frau* nicht braucht. Dass ihr ausgerechnet in dieser Situation auch noch Jobst Birnbaum, einst in ihrer Abi-Klasse und zudem kürzeste Beziehung ihres Lebens, über den Weg läuft, lässt ihr Stimmungsbarometer nicht gerade steigen. Andererseits: Jobst ist Rechtsanwalt, sogar mit eigener Kanzlei, und geradezu prädestiniert, Udo, ihrem abtrünnigen Gatten, zu zeigen, wo die Paragraphen hängen.

Die Wirkung lässt nicht lange auf sich warten. Nur irgendwie anders, als Tessa sich ausgemalt hat …

Daniela Mimm

Schnitzeljagd
in die Vergangenheit

Geschichten aus Krefeld
Herz Schmerz Geheimnis

Paperback und E-book

Die bodenständige Psychologin Valerie hat es doch gleich gewusst: Wahrsagerei ist Mumpitz! Wie soll sie es sonst nennen, wenn Dauerverlobter Jörg angeblich nicht der Richtige ist und die Tarotkarten ihr eine Schwester verheißen, die sie gar nicht hat?
Doch warum reagieren ihre Eltern so merkwürdig, als Valerie ihnen mitteilt, in ihre Geburtsstadt an den Niederrhein reisen zu wollen, um die für das Aufgebot erforderlichen Unterlagen zu besorgen?

Valerie ahnt nicht, dass im fernen Krefeld einige unliebsame Überraschungen auf sie warten. Was eigentlich nur als erholsamer Kurztrip gedacht war, wird für sie zu einer regelrechten Schnitzeljagd in die eigene, unbekannte Vergangenheit …

Daniela Mimm

Villa der Wahrheit

Geschichten aus Krefeld
Herz   Schmerz   Geheimnis

Paperback und E-book

Gerade erst ist Nina Herbst mit ihrem Mann von Koblenz an den Stadtrand von Krefeld gezogen und fühlt sich abseits von allem Vertrauten einsamer als je zuvor.

Katja Diebholz dagegen lebt mit ihrer Familie im rund fünfzig Kilometer entfernten Essen-Werden, stellt zunehmend ihre Ehe in Frage, fechtet jeden Tag neue Kämpfe mit ihrem pubertierenden Sohn aus und erfährt obendrein, dass ihr Mann offensichtlich eine Freundin hat.
Als Katja eines Tages die Mitteilung über das Erbe eines längst verstorben geglaubten Onkels ins Haus flattert, fasst sie einen folgenschweren Entschluss.

Nina und Katja, zwei Frauen, die sich bisher nie begegnet sind und auch nicht ahnen können, dass nicht das Schicksal ihre Wege kreuzen lässt, sondern das unfassbare Geheimnis eines alten Mannes …

Daniela Mimm

Das Kind
im 13. Vollmond

Geschichten aus Krefeld
Herz   Schmerz   Geheimnis

Paperback und E-book

Rätselhafter Fund auf Burg Bischofstein!

Ein rostiger Haken, lose Steine im Mauerwerk, dahinter ein verborgener Hohlraum … Megan Linderau glaubt ihren Augen nicht zu trauen, doch das gefundene Lederkästchen mit äußerst brisantem Inhalt auf ihrer Hand ist keine Halluzination.

Zufall oder Schicksal, dass ausgerechnet Megan damit einem Geheimnis auf die Spur gekommen ist, das nicht nur bis weit in die Vergangenheit der Burg, sondern, wie sie feststellen muss, auch zu ihren eigenen Wurzeln zurückreicht?

Fest entschlossen begibt sie sich auf die Suche nach der Wahrheit, nicht ahnend, in welches „Wespennest" sie damit sticht …

Leseprobe: „Das Kind im 13. Vollmond"

In ihrer dunklen Kleidung hob sich die Gestalt kaum wahrnehmbar von der Schwärze der Nacht ab. Vorsichtig, um auf den nassen Steinstufen nicht auszurutschen, tastete sie sich mit der Hand an der Mauerbrüstung in die Tiefe.

Sie fluchte in sich hinein. Der eben noch feine Nieselregen wurde stärker und verteilte sich rasch und klamm auf ihrem Gesicht. Schützend presste sie den Stoffbeutel an ihren Körper. Wenn alles durchnässt war, würde sie mit dem Inhalt später vielleicht nicht mehr viel anfangen können.

Ihr fuhr der Schrecken in die Glieder, als plötzlich ein greller Schein durch das Fenster über ihrem Kopf fiel und bizarre Schatten auf den unteren Burghof warf, der ansonsten dunkel und verlassen am Fuße der Treppe lag. Rasch drückte sie sich an die Bruchsteinfassade des Palas, zählte im Stillen die Sekunden. Mist! Warum musste der alte Haberland aber auch jedes Mal seine Ohren an die Türen der Schlafsäle hängen, selbst, wenn er bloß zur Toilette stiefelte? Wahrscheinlich hatte er ausgerechnet jetzt wieder ein paar zu laute Flüsterstimmen ertappt und brachte die Übeltäter zur Räson.

Für einen Moment glaubte sie tatsächlich, den donnernden Unterton einer Rüge zu hören, doch wurde jegliche Sequenz dessen sofort durch das dicke Mauerwerk und das Prasseln des Regens verschluckt.

Wie blöd musste man sein, um sich von dem erwischen zu lassen! Die Gestalt grinste zynisch. Selbst schuld! Ihr jedenfalls würde das nicht passieren!

Endlich! Das Licht erlosch wieder und die Fensterfront des unteren Schlafsaales zeigte nur noch Schwärze. Eine fast mystische Stille breitete sich aus, nur unterbrochen durch das Rauschen des Niederschlags und ihren eigenen Atem.

Im Schutz der Mauersteine drückte sie sich vorsichtig weiter an der Fassade entlang. Zwar kam ihr zugute, dass die Außenlaternen am diesseitigen Haupteingang abgeschaltet waren, dafür musste sie jetzt höllisch aufpassen, nicht über die Beeteinfassung und die ausgetretenen Stufen vor den Wirtschaftsräumen zu fallen.

Kein leichtes Unterfangen, wenn man gleichzeitig den Zugang zum gegenüberliegenden Gebäudetrakt im Auge behalten musste. Von dort konnte ihr schließlich immer noch der verschrobene Burgwart in die Quere kommen, dessen Wohnung sich genau unter dem so genannten Rittersaal auf einer tieferen Ebene befand.

Doch auch auf dieser Seite blieb alles ruhig.

Sie atmete auf. Bestimmt lag der alte Griesgram in seinem Suff auf der Couch vor dem laufenden Fernseher und schnarchte so laut vor sich hin, dass nicht einmal das Burggespenst ihn hätte wach kriegen können.

Das Pflaster unter ihren Turnschuhen war glitschig und das aufgeweichte Gummi ihrer Sohlen ließ sie strauchein, als sie nicht auf den lockeren, vorstehenden Pflasterstein zu ihren Füßen achtete. Nur so gerade eben konnte sie noch das Gleichgewicht halten und fluchte erneut. Sie musste besser aufpassen. Nicht auszudenken, wenn sie hier stürzte und sich die Knochen brach.

Langsam schlich sie weiter, die Seitenpforte bereits in greifbarer Nähe.

Sie langte in ihre Jackentasche. Der Dietrich in ihrer Faust wog etwas schwerer als ein normaler Zimmerschlüssel.

Die Taschenlampe hätte sie leicht verraten, daher tastete sie mit der bloßen Hand im Dunkel das Schloss ab und schob ihn behutsam in die Öffnung. Mit einem leisen Klacken sprang die Holztür auf und gab den Weg auf das verbotene Plateau frei.

Lautlos huschte sie über die Schwelle, lehnte die Tür hinter sich vorsichtshalber an, um in derselben Sekunde zu Tode zu erschrecken. Hatte sich vorne am Torhaus nicht etwas bewegt? Sie versuchte, ihre aufkommende Unruhe zu unterdrücken, konzentrierte den Blick auf die Finsternis, um schließlich erleichtert aufzuatmen. Da war nichts! Ihre Augen hatten ihr offensichtlich einen Streich gespielt.

Nun aber voran, bevor sie sich wegen solch dummer Halluzinationen noch verriet.

Hastig strebte sie die wenigen Stufen hinab und richtete sich nach links der Mauerwand entgegen, deren oberer Abschluss eins zu werden schien mit dem verregneten Nachthimmel. Selbst die Lichter der kleinen Ortschaft Burgen, die drüben auf der anderen Moselseite lag, versiegten im milchigen Dunst über dem Fluss.

Dreckswetter! Sie war mittlerweile nass bis auf die Haut.

Nur gut, dass sie es in die Schatulle getan hatte. Wo aber war sie jetzt, die Öffnung zu jenem Hohlraum, von dem er gesprochen hatte? Sie fixierte jeden Mauerstein in greifbarer Höhe an dieser scheinbar unbezwingbaren Außenwand, in der sie hoch über sich die bunten Spitzbogenfenster der Kapelle wähnte. Hier konnte niemand durch den Schein der Lampe aufmerksam werden.

Sekunden später tanzte der Lichtkegel die Wand hinauf und hinunter. Da … das musste die Stelle sein! Nur erkennbar, wenn man genau hinsah. So, wie sie jetzt. Ein paar Steine … wie es schien, einfach locker ins Mauerwerk geschoben.

Vorsichtig zog sie diese nun heraus, holte die Schatulle aus dem Beutel und legte sie in die Öffnung. Einen Moment haderte sie. War es wirklich richtig, was sie tat? Doch der Gedanke, was passierte, wenn sie nicht machte, was er sagte, ließ ihr keine Wahl …

Liebe Leserin, lieber Leser,

haben Sie Lob, Kritik oder Anregungen?
Ich freue mich über jede Zuschrift
und werde auch jede persönlich beantworten.

Herzliche Grüße

Daniela Mimm

danielamimm@t-online.de